オリジンから考える

鶴見俊輔
Tsurumi, Shunsuke

小田 実
Oda, Makoto

オリジンから考える

岩波書店

目次

I　小田実との対話

鶴見俊輔

小田実との架空対談

I

私の食卓の席の後ろには、私のもっているかぎりの小田さんの本が並んでいる。全部読んでいるとは言えない。

ここにその一冊を抜き出した。

『小田実の受験教育』(河出書房新社、一九六六年)。

この本は、私にとって、小田さんが生きているときには気づかなかった世界を切りひらいた。米軍からの脱走兵をかくまうために駈けまわっていたころ、その手助けをした十八、九歳の若者がいた。その若者の多くは、予備校教師小田実の教え子だった。

脱走兵の隠れ処を見つける思案をしている私は、この若者たちよりも英語がうまい。ところが、脱走兵であるアメリカの青年たちは、軍隊に入る前の高校のころから勉強に身を入れてはいない。このアメリカ人の青年たちと日本人の青年たちのあいだには、親密なつきあいが生まれていた。

この新しい世界の出現に、そのとき私は気がつかなかった。それが見えたのは近ごろのことだ。元までたどると、一九六〇年代の若い予備校教師だった小田実がいる。その教え子が大学生と浪人の区別なく、そこにいる。

私は今、九十歳に近く、まだらの記憶の中から旧知を引きだして、自分の思いつきを述べ、そこから相手の答えを引きだしてみたい。

――脱走兵の移動に同行する「かつぎ屋」の一人だった室謙二さん、あなたは、ずいぶん、英語がうまくなりましたね。それはまだ生きていますか。

「はい。アメリカで暮らしていますから。英語は通じます。」

――山口文憲さん、かつぎ屋の中で、日本の警察に連れて行かれたのは、あなたひとりです。申しわけありませんでした。

「ええ、でも、大学に入る望みを捨てる一つの入り口になりました。」

こうして室謙二さんたちとのやりとりをしていると、吉岡忍さん、穴井文彦さん、つぎつぎに若い姿が浮かんでくる。そこにいた人たちは、みんな生きている。その若者たち、日本とアメリカの若者たち、生きている人たちにかこまれて、小田さんがいる。立っているのか、坐っているのか、いつもわからない形でそこにいる。

史実から引用してみる。

私が教師をしている予備校には、寄宿舎の設備があって、どういう風の吹きまわしからか、私がその寮の舎監みたいな格の地位について、もうこれで一年余になる。いささか面はゆい一年余だったが、おかげでいろいろなことがわかった。

たとえば、ここでいまだれでもよい、十人くらいの寮生を選んできて、将来の希望をきいてみると、おおむね、次のようになる。

「将来、なんになるか」——

まず、五人が会社員志望である。その答え方がきまっている。

「ぼくは平凡だから、会社員にでも」——

みずから会社員になることを誇り顔にいうのはまれである。

一人ぐらいがお役人になりたい。戦前なら、この数はもっと多かっただろう。地方公務員になりたいという、えらく細かいのまであった。理由ははっきりしていた。自分のいこうとする大学は地方大学である。したがって、中央でお役人になってもあまり出世しない。地方でなら——というのである。この理由は説得力がある。

（中略）

さて、将来の希望がなんであれ、受験生はまず大学へいかなければならない。そこで、こうなる。「どこの大学へいけばよろしいか」

（中略）

「東大へいきたい」という受験生に、「どうしてかね」と問いかえしてみる。「あそこはいい大学だから」こんな答えが多いのだが、そこを意地悪く、「どうしていい大学かね。ほかにも、ほら、京大も慶応も早稲田もみんないい大学だよ」と突っ込んでみると、答えは曖昧なものとなる。「いい先生がいるから」――その答えには「きみのいきたい法学部になんという先生がいて、その先生がなぜいいのか」とききかえしてみる。たいていの受験生が絶句する。

（中略）

世界のすべての国でそうなっているのではない。おそらく、これは日本だけの特殊現象なのだろう。

（中略）

どうして日本だけがそうへんてこなことになってしまったか。（中略）この方式が明治維新このかた急速な近代化にもっとも有効であり、ついには、日本社会の一つの打ち倒しがたい伝統となってしまったことだけは考えてみていい事実だろう。

（『小田実の受験教育』七～一六ページ）

小田実を前にして、こちらから彼に問いかけてみる。

――小田さんは、生きているうちに私を殺していますね。

小田　そうだったかな。

『終らない旅』(新潮社、二〇〇六年)について久しぶりに対談をすることになって、その前に読んだら、二八〇ページに、私の死が出ていた。葬式までしてもらっている。その回想が人間の流れの中でさりげなく何度も浮き沈みするというのが、今まで出会ったことのない語りになっていて新しい。まだ生きていた私がファン・レターを書いて送ったら、この作品について対談をしようということになって、四月にその日を決めた。だが、小田さんの胃ガンがわかって、対談は実現しなかった。五年おくれて、今、この作品の感想を言おう。

世界がかわるということがわかって書いている小説だ。世界を固定しない。小田実自身にあたる主人公は死んでいて、彼と愛しあったアメリカ人の女性がアメリカ人男性とのあいだにつくった男の子は、今はベトナムにいてビジネスをしている。その妹のジーンが、母親の残したノートを解読して、母親の昔の愛人とのことを回想する場面だ。主人公(小田実の分身にあたる)についての回想の距離の取り方が、これまでの小田の作品の中できわだっている。当然に、ベトナム戦争に対する見方も、ベトナム反戦の当事者だったころの見方と、構図がちがう。

それは、そのころはああで、今はこうだという別の正義感から当時を書くという書き方とはちがう。それがこの小説の味わいだ。ぼんやりしてはいるけれども、筋は通す。

――普通の日常生活に例を取って話す人がどうして大学生にはいないのかね。大学卒の知識人にはいないのかね。大学教師にはいないのかね。もう百五十年もたっているのだから、その流儀ひとつで大学を貫くことはないだろう。夏目漱石が東大に入ったころはそうじゃなかった。同級の中村是公なんて、学校の木が風にゆれているのを見て、あれを見ろ、戦戦兢兢としているじゃないかと言っている。その漢語の使い方で通っているんだ。

小田　おれの流儀だな。おれの英語の使い方だ。これだとけっこう、脱走兵になじむんだ。夏目漱石は中村是公と落第して、一年生からやりなおして行くんだ。

――「カム・バック・シェーン」というのがあるだろう。私は「カム・バック・イエヤス」と行きたい。信長と秀吉を飛ばしてね。大宅壮一はうまいことを言った。城下町には、うまい和菓子屋があると。参勤交代で江戸にゆくとき、それをもっていって、ほかの地域から来た大名や家来とくらべるんだね。地方自治を実物にしたようなものだ。今の駅弁大学はまだそれに及ばない。

小田　その駅弁大学という言葉も大宅壮一がつくったんじゃないか。

――この小説を二度目に読んでいるんだけど、私の経験したことも入っているし、脱走兵同士の意見の対立とけんかと負傷、わたしの細君が京大病院につれていって、大学と対立している青医連の医者に手術してもらうところも入っている。それに、別の例だが、意見の対立している脱走兵二人を風呂屋につれてゆくと、あけたばかりの昼の風呂で対立が解けるところなど。トマス・ウルフの「石ころ、葉っぱ、扉」を思い出す。小田さんはウルフから作劇術の影響を受けているね。

小田　それは、ハーヴァードの創作科で、教師のあいだでウルフが流行っていたからな。

——小田さんが東京大学とハーヴァード大学からどういう影響を受けているのか、疑いをもっていたんだけど、この風呂屋と京大医学部の匿名手術の重ね方の手法で、しっかりとわかった。それから、脱走兵をかくまう最中に、マーティン・ルーサー・キング暗殺のニュースが入るところ。それが、主人公の娘の手記の中に残っていて、主人公のなくなった後で、娘がそれをニュースの同時性の中で読む。

歴史に現在がかぶさったかたちで、出てくる。

小説の手法でなくて、哲学の手法として、ここに私はおどろいた。

かつぎ屋の大学生が、ぼくはノンポリだと言う。たしかに彼の所属している大学ではそれが彼のありかただろう。しかし、一拍も置かずに、続けて、「だからぼくは本当に政治的なんだ」と言う。これは、小田哲学の要《かなめ》のところだね。別の本、『生きる術としての哲学』(岩波書店、二〇〇七年)を貫く考えかただ。大学で哲学を勉強すると、この考えかたがわからなくなるんだ。

米国政府がスパイを送りこんでくるところも、小田さんは『終らない旅』の中でしっかりと書きこんでいる。

スパイを取り沙汰されたについてはいろんな理由があったが、そのひとつが、ケネスがあまりにも理路整然と脱走の動機をしゃべったことだった。だとすると、他の脱走兵はポールをふくめて、理路整然と動機をしゃべらなかったことになる。「これは面白いね。人間が何かをする動機なんてものは、きれいに説明できるものではないんやね。まして彼らの多くは理路整然としゃべれない人たちやった」と、父はときどき何でもないことに無邪気な少年のように好奇心を働かせる彼らしく言ったことを、久美子はあとあと長く記憶している。そしてもうひとつ、ケネスはこれも他の脱走兵とちがって、きちんとした英語を話し、とりわけ書いた。

議論の末、結局、彼をおいておくことにした。人を疑えば切りがない。疑いが内部対立、分裂、ついには粛清の原因になる。みんなの気持がそう動いて、以後も彼を匿い、移動させる活動はつづいた。

（『終らない旅』一五九〜一六〇ページ）

最初にこのスパイに会って記録をつくり、かくまう方向に決断をしたのは私だ。もうひとり、大学の学長がいたが、私のほうが英語の判定ができるので、私に責任がある。

彼（スパイ）に対する入り口を開いたことを追及されて私が組織から罰を受けることはなかった。特に大学から育った組織であったら、このようにすますことはなかっただろう。

結果として、北海道から国外に脱出する直前に、日本の警察によって脱走兵援助の活動はさまたげられ、かつぎ屋仲間のひとりはしばらく日本の警察にとどめられ、ほんものの脱走兵は日本の警察にとらえられて、この脱走計画は挫折した。

スパイのほうはこのどさくさの中でどこかに逃げて、その後の消息はわからない。こんないいかげんな組織があるだろうか。スパイを入れた責任者である男(私)は、この小説の中でも、現実にも、脱走兵援助を続けて生き延びている。

たしかにこの運動(脱走兵援助)は戦前・戦後の学生運動とちがい、マルクス主義ともちがう。こうやって、自分の責任をはっきりと認めるのは、ひとつの自己弁護だ。自分について書くのはむずかしい。小田さんについて私はほめすぎていることになるかな。

小田　おれが生きていれば、あなたの手口をうまくすり抜けることもできるかもしれない。しかし、今となっては、あなたに、いいようにされるほかないな。

昔、小田さんが徳島で入院しているところに見舞いに行ったことがある。小田さんの兄さんがその病院の医者で、評判のいい人だった。徳のある人として知られていた。

小田さんの人生の同行者、玄順恵さんに、小田さんはどうしてああいう欲のない人になったのでしょうか、ときくと、お父さんが欲のない人で、お母さんが欲のない人で、お兄さんが欲のない人だから、ああいう人になったんでしょうということだった。

小田実に欲がないということと、小田実の政治力は、ひとつになっている。これは前に引いた「ノンポリ」という位置のとりかたと深くかかわっている。

私の偏見かもしれないが、大学教授はおおむね「ポリティカル」だ。大学教授としての位置にいることによって、暮らしをたてることができると自覚していることによる。その自覚をともなわない場合、もっとポリティカルになる。

小説では、脱走兵援助参加後の主人公が旅行者として、ニューヨークに滞在して、アリスというアメリカ女性とつきあう。アリスの夫はベトナムで撃墜されて、「コンラッド・ヒルトン」と呼ばれる捕虜収容所に長期滞在している。そういう夫をかかえながら、この戦争に反対する側に自分を託するようになって、アリスは罪の意識をもつようになり、主人公と別れる。

このあたりの国境線を越える愛情について、似たような経験をもたない私は、ここで取りあげない。二十年後に、彼女と彼がベトナムで再会し、つきあいがふたたび生じる。夫は、ベトナムから帰国した後、自殺し、夫とのあいだに生まれた二人のこどもが、母と男友達（主人公）とのあいだにかわされた手紙とノートブックを読んで、主人公の娘（日本人）と会って話しあう。距離をおいて、次の世代から眺める世界が開ける。ここには、小田実の見た日本史と世界史を繰りひろげる時間がある。

――小田さんと私には、お互いに若いころに会って、まだ時間があると思っていた。小田実は突然に、二人で共同の日本史を書いてみようともちかけてきた。そこで、別に古事記からはじめなくともよい。私がそのころ調べていた燈台社の明石順三が、獄中で戦争反対を貫いて、敗戦によって解放されたのに対して、米国の燈台社本部が、はじめは日本支部大賛美を公言して、食料を送ってきた。やがて日本支部が何人かの獄死者を出したにもかかわらず、反戦の立場を終戦まで貫いたのに反して、その後、米国の本部は戦争支持に立場を変えた。日本支部がそれを批判したことへの答えとして、米国本部は明石たちを除名した。そのいきさつについて、米国と日本との関係をそこから書いてゆこうということになった。

どこからでも世界史は書けるという、小田実の世界史だね。そこで時間をつくれば書けたと思う。そのころ、『何でも見てやろう』というベストセラーを書いてはいたが、まだゆとりはあった。この計画が実現しなかったのは残念だね。しかし、『終らない旅』の片隅(一七五から一七八ページ)に、それは残っている。

小田　そう。あのころなら、まだ四十年あったものな。鹿沼に行って、明石順三夫人に遺稿を借りて、コピーしたのを見せたりして、銃を軍に返して陸軍刑務所にずっと入っていた村本一生さん(東京工大卒で、明石順三とともに英語で燈台社本部に手紙を書くことができた)の記録などを見せてもらって、ここをはじまりとして書こうと思った。

——いや、小田さん自身の個人的な体験の中から、生きているあいだの何十年もかけて引きだしている昭和天皇への呪詛があるな。さっきの『終らない旅』から、その部分を引用しよう。

(一九四五年)八月六日、九日の広島、長崎への米軍による原爆投下に加え、ソ連の開戦を受けて、日本政府はようやく降伏、ポツダム宣言受諾を決め、その旨をスイスなどの中立国を経て連合国側に通告する。ただそのとき、受諾にひとつ条件をつけた。「国体の護持」、天皇制の保持だ。

その条件の下で、日本は降伏する――そう通告した。

この条件の要請に対して、連合国の中心アメリカ合州国は何も答えなかった。日本は解答を待ったが、解答は来ない。ついに日本国天皇は、「わが身はどうなろうと、これ以上わが国民の惨禍を見るに忍びない」と、降伏を決意、八月十四日の御前会議で終戦のご聖断を下し、国民は救われた――これが流布されている歴史記述だが、これは真っ赤な嘘だ。

それが判ったのは、父が最初にアメリカ留学したときだ。大学の図書館で、父は当時の新聞をマイクロ・フィルムで見た。まず「ニューヨーク・タイムズ」だが、あとの新聞は、地方紙に至るまで大同小異だった。

「ニューヨーク・タイムズ」の場合で言えば、八月十一日付一面の、日本の降伏を喜んでタイムズ・スクエアーに集まった群衆を写した大きな写真の上の大見出しは、当然《JAPAN OFFERS TO SURRENDER》(日本は降伏を申し出た)で始まっていたが、その下すぐに同じ大きさの活字で《US MAY LET EMPEROR REMAIN》(アメリカは天皇を残すだろう)とつづき、さらにその下には《MASTER RECONVERSION PLAN SET》(主要平和転換計画設定)と、一行同じように大きく出ていて、この三行で、誰がどう見ても、アメリカ合州国が天皇を保持しながら、戦後の日本を再建させて行こうとしているのは明白だった。


(『終らない旅』二五二～二五三ページ)

降伏を承知していながら米国による大阪大空襲、小田実自身におそいかかった爆撃はどういう意味をもつか。これは、十代を越えて、東大、ハーヴァード大学を越えて小田実が手放さなかった記憶だ。持続低音のようにくりかえしあらわれる旋律で、その存在が、小田さんと私とを分かつものだ。

小田　あなたはそんなふうに言うけど、いったいどういうふうに?

――私は、悔恨人間だ。

小田　おれは、宮本武蔵みたいだ。我、ことにおいて後悔せず。

――そう。だからやってくる政治的決断を、そのとき、そのときに片づける。だが、時間をかけて、考えてから結論を出すこともあるね。

小田　そうかね。

――それは『終らない旅』のまんなかに出てくる。私はおどろいた。生きている小田さんと会って、この小説の読後感を話したとしたら、この感想に行き着くことはできなかったと思う。アリスと二十年ぶりで再会してつきあい、三年後に別れ、一年おいてふたたび会うところだ。そのあいだの一年、考えているんだ。小田さんの人柄にこの側面(持続)があるということに私は気がついていなかった。

小田　おどろいただろう。

二人がまた会い出した、ということは、一年別れてそれぞれに考えたすえ、カイロウドウケツの結婚をそれぞれに決めた、ということだ。

（『終らない旅』二七八ページ）

「偕老同穴」について、主人公は、アリスに言う。

この結婚は、若い人たちのそれとちがって、二人でかたちづくる家庭という基盤を社会にひろげて行くようなものではないし、子供をつくり、育てて行くためのものでもない。正直な話、私たちは二人とも、もうその時期は過ぎている。露骨なことを言うようだが、私の言う「男と女のこと」についても、私の能力はまだ今はあるにしても、あきらかに衰えつつあるし、早晩まちがいなくなくなる。古来日本語には、そうした場合の夫婦関係、男女関係を言いあらわす、便利な、そして含蓄のある、「茶飲み友だち」という言い方がある。私たちの関係も、早晩そうなるが、私はその言い方より、「林住期《りんじゅうき》」に入ろうとしている男女の結婚だと考えるし、そう考えて行きたい。

インドのヒンズー教の教えでは、人間の一生を「学生期《がくしょうき》」、「家住期《かじゅうき》」、「林住期《りんじゅうき》」、「遊行期《ゆぎょうき》」の、四つに分ける。人間は、生まれてまず、これからの人生を生きるための術《すべ》を教えられ、学び取る「学生期」に入る。そこで十分に学んだあと、いよいよ実人生に入り、仕事をし、家庭をつくり、子供をつくり、育てる。これが「家住期」だ。しかしやがて年をとり、仕事から離れ、子供も大きくなって離れて行く。男女ともに、「家住期」の仕事、家庭のしがらみから、いやおうなしに解放される。そのあと、どうするか。しがらみのためにできなかったことを、絵を描くもよし、楽器を奏でるもよし、旅をするもよし、何ごとでも自由にやって生きる。これが「林住期」で、あたかも林にあって自由に歩きめぐるがごとく生きるのだ。（中略）「しかし、『林住期』もやがて終って、人間は家に帰る。そのあと、どうするか。これが遊行期だが、えらい少数者は、悟りを開くものらしいが、大多数の、私のようなただの人間は、そんな面倒くさいことは願い下げにして、ただ死ぬ。」

（『終らない旅』二七一〜二七二ページ）

──小田さんに会ったのは、小田さんがいくつの時だったかな。こんなことを自然に思い浮かべる条件ではなかったな。しかし今は、男女交合がまれになって、自然につきあう男女のことを考えることができる。私に引きよせて言えば、それは自然だ。というのは、流派として私はリアリズムではなくて、インプレッショニズムだからだ。

小田　インプレッショニズム。印象派だな。おれは、リアリズムとして世に出てきたんだが、途中からインプレッショニズムになったのか。いつからなったかな。七十歳、八十歳になっても、リアリズムの人はいるな。

──オールド・パーなんか、百歳をこえて強姦罪でつかまったというから、彼なんかオールド・リアリストだ。その彼にあやかろうとして「オールド・パー」を飲む人は、やはりリアリストなのかな。私はまったく酒を飲まないし、ましてやオールド・パー・リアリズムにあやかりたくはない。むしろ、オールド・パー風のインプレッショニズムで、これからの人生の残りをたのしんでいきたい。小学生の時からのわいせつ漢として、できれば百歳をこえるまで。

小田　そういう具合にいくかな。

――いきますよ。私の九十年に近い体験では、裏打ちをもってそう言えます。広告を見ると、オールド・パーのリアリズムがいたるところでのぞいているのが、日本文化だね。日本の広告文化の源流になっている。渦巻くばかりだね。

そして二人はそれぞれの場所で死ぬ。主人公は阪神大震災で。実際の小田さんはここで大活躍するのだが。そこで、今までベ平連に対して入ってこようとしなかった丸山真男から手紙をもらう。関東大震災が丸山さんの出発点にあったことから、彼は心を動かされたのだ。そこで、市民が法律をつくるという小田さんの運動をまっとうな政治の筋道と考える、というメッセージを送ってきた。私個人は、京都の洛北の家で寝ているときに地震を感じたが、西宮の小田さんの家ほどの被害を受けず、小田さんの起こした市民立法の運動に加わることがなかった。

どうも小説と事実がこんがらかってきて、変なのだが、先に主人公(小田さんらしき人)が阪神大震災で死に、その葬式に私(らしき人)が弔問に来て、娘の久美子に挨拶し、やがて私が死に、そのときには一九六〇年の安保以来、市民運動の旗印となってきた「声なき声」の大旗を飾る。

この大旗をつくったのは、中学校の絵の先生だった小林トミさん(現実の人)で、彼女は私たちの集まり「声なき声の会」のはじまりだった。つまり、このデモは、もともとアマチュアのデモだったので、小説の中では、志《こころざし》どおり、アマチュアの集まりとして終わる。

大声をたてず、ただ終わる。

現実には小さなものが、小説では大きくなるのが普通だが、現実におこなわれる小田さんの葬儀にくらべて、ひそやかな形が、小説中での主人公の葬儀だ。

小田実(らしき人)が偕老同穴の場所と見立てたところで、彼の娘が、不動産屋となったかつての脱走兵援助のかつぎ屋につれられて、目的地の舞子に向かう途中で、中国革命の孫文の話になる。


「君のお父さんがいつもおっしゃっていたことだが、孫文がえらかったのは、彼のめざす中国革命を、フランス革命やロシア革命の真似事でないものにしようとしたことや。」

(『終らない旅』二九〇ページ)


これは、未完の大作『河』につながる。同時に、この小説の中で小田実の造型したベトナムのホーチミンにつながる。

終わりに近く、ベトナムを訪れた久美子とジーン(小田らしき人物のアメリカ人愛人の娘)は、ホーチミン廟を訪れる。そこでジーンは、自分用につくったホーチミンの詩の英訳を読む。

君は心根硬にして剛
軟かく長い舌とちがった
われらは甘さも苦さも共にした
されど今おたがい東西に分かれる

（『終らない旅』四六二～四六三ページ）

抜けた歯に贈る詩である。ここにホーチミンの心根がうかがわれる。

ホーチミンは、その点でまれな政治家じゃなかったですか。

（『終らない旅』四六四ページ）

自分たちは、アマチュアのデモをおこして、ベトナム戦争反対の志をになった。そのむこうに、おなじように小さい人として、反戦の指導者ホーチミンがいた、と、この小説は終わる。

Ⅱ

小田さんも、私も、私たちを導いたホーチミンも、小さい人として死んだ。アメリカ革命への道を開いた義勇兵ミニッツマンの理想がそこに引き継がれている。

――それにしても、小さい人として生きて死にたいと思うようになったのは、いつから？

小田　答えられない。いつからかそうなってしまった。

――小田さんが有名になってからではない？

小田　そうかも、しれない。

――はじめて小田さんの名前をきいたのは桑原武夫さんからだった。高校生がやってきて、書きあげた小説をおいていった。東大を受けると言っていた。これからどうする、ときくと、山登りをすると言っていた、と。

そういう肩の力のぬけた風格が、桑原さんは気に入ったみたいで、その話は私の心に残った。なんとなく、桑原さんと馬があったんだな。

中村真一郎も、とても小田さんのことが気に入っていたな。『現代史』という小田さんの小説の出版記念会を国際文化会館でやったとき、中村真一郎が肝いりだった。それは少し時間が飛ぶな。

桑原さんは、自分は小説家の目利きにはことごとく失敗したと言っていた。フランス留学から帰ってきて大阪高校の教授になったとき、学生に田宮虎彦がいた。君たちはどういう文学者が好きかときくと、中村正常(後に生まれる女優中村メイ子の父)ですと答えたのにはおどろいたと言っていた。ほかに京大の後輩で、桑原さんとおなじくスタンダールの研究をしていた大岡昇平にも、小説を書くのをすすめなかった。

もうひとり、三島由紀夫の書いた小説を、戦争中に編集者を通してもちこまれたが、これにも感心しなかった。これでは小説家に対して目利きではないということになる。

小田　それはおもしろいね。三島に対して否定的というのはいいじゃないか。

——ところが私は、三島に対して肯定的なんだよ。戦後早く出した「春子」に感心した。戦後のイデオロギーがらみの小説の中で群を抜いていた。それに、彼が礼儀正しいところに弱いんだ。私も礼儀をもって返さなくてはいけないけど、私は礼儀正しくないから、返していない。それが引け目になるんだ。小田さんは礼儀正しくないから助かる。助かった。礼儀正しいのは、思想内容として私と近しい人でも、なんとなく近づきがたくする。たとえば石田英一郎とは、彼の比較抵抗学としての文化人類学という考え方にとても私は近しいことが、読んでわかったんだが、二、三度の面識があってもうちとけた関係にはならなかった。小田さんの、だれに対してもうちとけた対し方は、私の理想だな。及びがたし。

小田　はは。私は大阪育ちだからな。

——東大も屈するあたわず。浪花節で言うと、小田実、鶴見俊輔、器量くらべのお粗末、というところだ。

『河』は、私のうまれてすぐのころ、小田さんの生まれる前の関東大震災からはじまる。一九二三年九月一日、このとき、日本人の深層にあった、自分たちは朝鮮人に対して残酷なことをしている、だから、いつか仕返しをされるのじゃないか、という不安が噴きだして、自警団を自ら組織して査問し、「正しい」(!)日本語の発音のできない者を朝鮮人と見なして虐待したり殺したりする。このとき満一歳の私に記憶はない。マイナス十歳の小田さんにはさらに記憶がないはずだ。後で調べて、現代日本史の起点として、この大河小説の石をここに置き定める。だが、複線として在日朝鮮人が入ってくるように小田さんは自分の日常生活を設けていた。ここに、小田さんは自分の創作を実行している。

詩、歴史、小説、評論など、言語活動の種目の区別は、今ははっきりしているけれども、起源のころには区別の越境があった。後代になっても詩への日常行動の越境はあり、詩の実践は起こる。石川啄木の死を前にした詩と評論「食うべき詩」。政治的立場として私は組することができないが、三島由紀夫の死に方は実践詩だ。これにくらべて小田さんは正気を保っており、「アボジを踏む」、「オモニ太平記」の二つの短編小説は、長編小説『河』三部作と相俟って、実践詩として言語活動の種目を越境する。小田さんのノン・ポリを自覚しての行動は、その越境をはらんでいる。

小田　無茶なことを言うね。学問としてはどうなんだと、こちらから越境して言いたいね。

――なあに。つきあいなんてものは、絶えず越境しているんだ。まして幽明境を異にするわれわれのつきあいとしては、別に学問の区分にこだわる必要はない。

小田実、開高健共著の『世界カタコト辞典』という本があったね。すごくおもしろい本だった。可能性を感じた。

基地を公開して地元の住民に見せた後で、片づけをおこたったためだろう、「ウェルカム」と大きく書いた看板が残っていた。主人公の小田さんらしき人物がのそのそ入ってゆくと、衛兵に止められた。

「でも、ウェルカムと書いてあるではないか。それは入っていいということでしょう。」

そうではない。いろいろと説明があって、基地に入るのは許されなかったが、それでは看板にいつわりがあると、小田は引き下がらない。

日本人には英語が読めないとたかをくくっている米軍側が、一本取られたというところだ。

こんな例を世界各地の言語からひろって辞典をつくったものだ。今まで日本人がこういう本をつくらなかったところが、おかしい。

小田実は朝鮮籍(現在は韓国籍)をもつ在日の女性と結婚した。岳父は韓国人である。

「アボジ」の七人の娘ムコのうち、日本人は「オダ君」の私だけだ。そして、「アボジ」の孫のうち、日本人――「日本国籍」をもつという意味での日本人は今小学校五年生の私の娘だけだ。

（『「アボジ」を踏む』講談社文芸文庫、二〇〇八年、一二ページ）

小田実の日本語はすぐに在日韓国人の岳父に通じた。二人は何度も何度もそれぞれの人生経験を語り合った。

そのうちにアボジは、体の調子がわるくなり、「ぼくは生まで帰る」と言う。

死んだあと、棺ごと飛行機に載せて運ぶ。「アボジ」によると、日本の航空会社はやってくれないが、韓国の飛行機は運んでくれる。「アボジ」の同郷の友人知己も何人かそのかたちで「生まで帰った。」彼らの場合も、「アボジ」の場合も、「生まで帰る」先は済州島。そこは土葬だ。土葬されて、先祖代々の墓地に眠る。

（『アボジを踏む』一〇ページ）

そしてオモニ、母親のほうである。アボジとおなじく、オモニも学校に行っていない。字が読めないし、書くこともできない。それでもやって行けるのだ。このようにして小田実は旧著『世界カタコト辞典』を自分の実生活によって裏書きした。

オモニの家をよく訪れる同国人がいる。いつから日本におられるんですと、小田実がうっかり尋ねると、彼は数字をあげて答えて、それが一度目、それから一度目と二度目のあいだにかなりの開きがあって、気になったのが彼の笑いである。それは微妙な笑いだった。

彼が帰った後、オモニはお茶を入れて、「あの人、あれで苦労して来はったんやで」という。コジキみたいな状態からことを始めて、今は、というふうに経歴を説明して、

「あの人、アレして来たやろ、カミがあらへんねん。そやから……」というぐあいによく判らぬことを言った。まったく何気ない口調でであったが、判らぬことは判らぬ。

「何のカミがあらへんねん。アレて、何や。」

「密航や。」

オモニはこともなげに言った。わたしは少しおどろいたが、オモニは平然としている。

「そやから、せっかく来はったんやけど、カミがないのや。」

「カミて、何や。」

わたしは愚問を口に出した。いや、それが愚問であることは、オモニが、

「旅券やら登録証やらですがな。」

と答えてから判った。

（『オモニ太平記』講談社文芸文庫、二〇〇九年、二六四ページ）

『河』のはじまりは、一九二三年、東京で迎えた関東大震災。主人公重夫は朝鮮人の父と日本人の母とのあいだに生まれて日本国籍をもつ。

「みんなで逃げる」

父親のこの言葉ではじまる。

それまで住んでいた棟割り長屋はつぶれ、そこから重夫を救い出してくれた父親は、雑踏の中で見えなくなる。群衆の中に自警団が立ちあがり、あやしいと見た者を呼び止めて、日本語をしゃべらせ、発音のちがう者をなぐったり殺したりする。

その数年前、合邦のとき、なぜ、日本人に朝鮮語学習の道を開かなかったのだろう。六十年おくれて朝鮮語を習って、失敗したときの私の悔恨の記憶だ。私はいまだに朝鮮語ができない。

重夫の母は、神戸の兄弟に頼る。兄弟は中国貿易で成功し、アメリカ人、ユダヤ人を社員に雇い、重夫をイギリス租界香港の寄宿学校に入れる。

そこで重夫はイギリス人の見た中国史を習い、中国での革命の報を聞いて、実地を見ようと思い、伯父を頼って上海に渡る。彼の心の底には、中国革命の中の朝鮮の未来がある。

転々の中に、かばんの底に入れて持ち歩いたのは、マーク・トウェインの『ハックルベリー・フィンの冒険』だった。これが主人公にとってのアメリカ文学の古典となる。

革命運動の集会に観察者として出て、いくつかの党派がそこから生まれ、やがて対立するのを目の前で見ながら、無党派の少年のままに、ロシアのコミンテルン、ロシア革命の別派、それぞれに自らを託する朝鮮人の青年たちを見る。危険を共にしながら、党派の信条を自分のものとせず。

（一九二五年三月一二日、孫逸仙死す。重夫の母が言った。）
「これで王道の政治をする人は世界にいなくなりました。」
（『河』第一巻、集英社、二〇〇八年、三四八ページ）

『終らない旅』をしのぐこの長大作『河』三冊を、小田さんの死後に読みながら思った。生きているうちに彼はどの革命党派にも入らなかったが、どこに移動しながらも、この大作を書き続けた。その努力が彼を殺した。その間、なんの検査も治療も受けず。その重さが感じられる大作だ。

この三部作を通して、九歳のこども（日本人）と父（朝鮮人）と母（日本人）は、関東大震災から今日に続くアジアをそれぞれに流されつつ、未来に向かって生きる。

やがて死んでゆく孫逸仙その他の先人から方向性を受け継ぎつつ、未完の終わりに向かって。

小田さんは小さいころから大阪で在日朝鮮人と出会い、在日朝鮮人の市場に出入りし、その食べ物を食べていただろう。それは大阪育ちの自然の一部である。しかし、六歳で小学校に入り、日本国の教科書を使い、日本人の先生から国史を教えられて、小国民の見る朝鮮を型通りに習った。だが、著者の小田さんとちがって、『河』の主人公は在日朝鮮人の息子として生まれ育ち、朝鮮人が受けるあざけりを日常に感じ、父とはぐれてから十代の少年として、父のかくれ同志である医者の高博士と、そのまた友人の金雅絹《キムアギョン》に連れられて、朝鮮の旧都京城と平壌を訪ねる。こうして主人公は、これまでの日本小国民としての朝鮮史の教養を振りほどくことができた。主人公は日本国に対しての疑いと反感とのないまぜの感情を持つ少年となった。

日本は、日清戦争まではいいが、それからは……という限定も、無条件では受け入れられない。

金雅絹は言う。

金雅絹はゆっくり言った。「日本人《イルボンサラム》」に力を入れているように耳に聞こえた。「朝鮮は清に、昔から中国に支配されている、独立していないかわいそうな国だ。だから、清をやっつけて、朝鮮を助け、独立させてやる、そのための戦争だったんですよ。朝鮮を助けて独立させてやるための戦争……日本人はそう言いましたよ。それでどうなりましたか。あの戦争は朝鮮が独立を失なう第一歩になった戦争でしたよ。……」金雅絹は少しのあいだ黙り込んでから、黒い瓦屋根と薄茶色の草葺き屋根のひろがりに円いふっくらした顔をむけてつづけた。「その戦争で戦場になったのはここでした。当時八万人いた朝鮮人のうち六万五千人ほどが殺されたり、逃げたりしていなくなったと言われています。……ここからもう少し下手《しもて》の丘の上にはこの平壌のいくさで死んだ日本兵士百六十八人の慰霊碑が建っています。わたしは何も死んだ日本兵士の慰霊碑を建ててはいけないと言っているのではないのですよ。兵士はどこの国の兵士でも、ただ殺し、殺されるために駆り出される憐れな人たちです。ただ、わたしの言いたいことは、百六十八人の日本兵士の死者のための慰霊碑はここに建てられていても、百六十八人よりはるかに数多く死んだ……殺された朝鮮人のための慰霊碑はどこにもないこと。」

（『河』第一巻、四八六ページ）

――この三冊を読むのはたいへんだった。しかし、著者がしかめつらをして書きついでいるというリズムではない。よく、そのようにできると感心した。

小田　ふふ。

――そこに、神戸で知りあった梅華という女の子が、遠く広州まで訪ねてきて、ふたりで散歩をかさね、翌日の軍官学校訪問の約束をする。このあたりの十代の少年少女のらくらくとしたつきあいは、日本の戦前には、神戸にさえなかったと思う。さかのぼって小田さんが空想の中で組み立てたものと思う。今の七十代の小田さんなら、十代の少女の国境を越えたつきあいをつくりあげることが、「ライ麦畑でつかまえて」のようなスコットランド民謡の世界だな。

小田　それが小説家だよ。

――スコットランドにはあったかもしれない。アフリカにも。ラテン・アメリカにも。しかし北アメリカには、東部、中部、西部、南部にもなかったと思う。『トム・ソーヤー』にはそのかけらが見えるけれども、『ハックルベリー・フィン』には、そういう社交はなかった。だが、この少年少女の空想の中でむくむくと現れる中国革命の理想には魅力がある。

私もがんをかかえていて、死ぬと終わりまで書けないので、この三巻についても短く印象を話すだけなんですが。

小田　あんたとおれとの距離は近いんだね。

――一衣帯水という感じ。漢文の成句がつい出てしまったけれども、小田さんには、それが出ることはありませんね。

小田　それはそうだよ。おれの時代には、中学校に行っても、まず英語だ。漢文はお座なりにしか教わらなかった。

――主人公の少年と父母との関係がまたリアリズムから離れていますね。中村真一郎の小説には現実に彼の暮らした父と、父のつれてくる女性とのつながりが影を落としているが、小田さんの小説のつくりかたは、少なくとも『河』には、少年の小田さんは見えない。

小田　それがおれの技法なんだ。

――小田さんを常にかばってくれた開高健が、見事に一つの作品として結晶する小説を書くのに引きずられず、小田さんはどろどろと流動してやまない形の作品を書いた。

主人公の少年に『ハックルベリー・フィン』の物語を与えた老いたる流れ者ウォッシュバーンは、

主人公の少年の言葉から「民岩」をひろい出し、主人公の父親がその民岩をつくりだす戦いの中にいることに賛成しながら、民岩がソビエト・ロシアのように、できあがった後、人民のくびきになることから目をそらさない。イギリスでクロムウェルの革命の後に王制復古がくるように、フランスの大革命の後にナポレオンが現れるように、そしてそのことが、民衆そのものの分裂と、抑圧への抵抗を呼び覚ますように、民岩そのものへの抵抗が現れる。

ウォッシュバーンはゆっくりつづけた。

「革命はいつでも、右が勝つか左が勝つか知らないけど、結局殺し合いで終るものだよ。ロシア人の革命もそうだったし、もっと昔フランス人の革命もそうだった。しかし、人間社会は、右、左、そう簡単に決められるような単純なものではないのとちがうのかね。右、左、ケンカしながらも、いっしょにひとつの舟に乗ってやって行く……これが人間社会の姿とちがうかね。（後略）」

（『河』第二巻、五〇六ページ）

大学生のイデオロギー本位の議論は、堅固な民岩の形成で終わる。まだぶつぶつ言う者は叩いて殺す。小田がウォッシュバーンの語りを通して言うのは、民岩が割れて底にある自由が顔を出す。フランス大革命の後にナポレオン、王政復古、腐敗した共和制、その後ブーランジェ将軍の軍国主義、ドレフュース事件とそれに対する抵抗、世界大戦とレジスタンス、植民地温存とそれに対する抵抗、ここまでも展望に入れないと、フランス大革命の構図はできない。そのように朝鮮亡国と独立への戦いとは、アジアを視野に入れて、持久力のある民岩をつくることをめざす。小田さんの最終目標においたべ平連へと流れてゆく、その途中の景色が『河』に現れる。

Ⅲ

九十歳近くなってふりかえって、小田実は、私が生涯に出会った大きい人のひとりだという実感をもっている。しかしこの実感を、一九六五年の四月二二日にこじ入れて、そういう実感をもってべ平連をはじめたとは、私は言えない。私よりも、政治学者高畠通敏のほうが、鋭いはじまりの感覚をもっていた。一九六〇年の日米安保条約改定(これを続けること)に反対する「声なき声」という市民運動が、人数の上で減りはじめ、一九六五年の正月には集まる者は七人になっていた。この会の代表は中学校の絵の先生の小林トミさん。彼女は、この後もこの会をべ平連の中に溶解することなく、声なき声の会の代表を続け、べ平連の一部として活動を続ける。

このとき声なき声の会の事務局長だった高畠は、大国USAが太平洋を越えてアジアの小国ベトナムを爆撃することに反対という一点にしぼって運動を再編成することにしてはどうだろうという電話を、私のところにかけてきた。

新しい運動は新しい代表を必要とする。私は小田実に代表になってもらってはどうかと仲間(上部組織をもたないいくつかの運動の仲間)にもちかけて、同意を得た上で、西宮にいた小田実に電話した。およそ五、六分で同意を得た。

なぜ小田実に話をもちかけたか。それは一九六〇年に新しい世代の作家たちがはじめた「若い日本の会」の発起人に小田実という名前がなかった、という記憶のためだ。私が小田実の人柄や仕事について根拠のある知識をもっていたからではない。

私について言えば、まったく、いいかげんな行動だった。

小田　そう言えるね。あなたの言うことを裏書きできる。

――若い日本の会の中心には、石原慎太郎がいた。この運動はすぐ消えたのではなく、右翼的なものにかわって、今日二〇一一年には大きな政治勢力になっている。

小田　石原慎太郎と小田実の区別はついているじゃないか。

――その区別がつくくらいの目利きだね、私は。市民運動というものについてのはっきりした考えを、私はもっていなかった。ただ、大学のつくり出す知識人を信頼していなかった。きらいだったと言ってよい。なぜきらいかという話はしない。チェリーニとルソーの自伝が出ているところに私の自伝を加えて何になる?

小田　大きく出たな。おれも、べ平連に巻きこまれた自分の理由がよくわからないんだ。強いて自己分析すると、十四歳で出会った大阪の大空襲かな。『手放せない記憶』という、あなたと共著の本でしゃべったね。行きつくところは、「難死」の思想という考えだ。

――べ平連の代表をひきうけてすぐ、盲腸炎になっただろう。手術のために入院した。せっかく引きだしたのに、もう終わったと思った。小田さんが代表をやめると思ったんだ。人気のある人の去就は、そういうものだ。

ところが、退院してまたデモの先頭に立ち、人集めをした。このときおどろいた。一度約束したことを守る。信義ということだね。その信義を小田さんは今日まで貫いている。そのとき、このことにおどろいた。今はおどろかない。小田さんの人柄を(死後も入れて)五十年知っているから。

小田　ずいぶん軽く見られていたんだな。おれは反対に、あのときの入院で考える時間を与えられて、この運動は、何をするのかの筋道を自分の中でつくった。結局、おれの考えのはじまりは、敗戦直後(米国政府と日本政府にとっての終戦合意決定後)の大空襲で殺された人たちの、死の無意味だな。「難死」の思想だ。じつにたくさんの「私」が死んだ。今度は運動を「私」から築いてゆこう。その筋道が見えてきたんだ。

――私にとってそれが見えてくるのは、もっと時間がかかった。六十年安保の学生運動から持続してべ平連に流れ入った人たちにとっては、もっと長くかかったのじゃないか。小田さんのつくりあげたべ平連の形と思想について理解をもつのに、私には時間が必要だった。今、著作を読みなおしているあいだにも、新しくさとるところがある。でも、これは信義のある人だという直感は、盲腸炎からの復帰のときにあった。小田思想への理解はその後だ。

小田　はは。

――カントは二回、スピノザは三回、読んだからね。両方とも、小田実の軌跡と無関係じゃない。戻るみたいだけれど、『河』で登場人物のひとりウオッシュバーン（ユダヤ系アメリカ人）が、「民岩」ということを論じるね。民岩をつくることで革命を成就する。そこで民岩をかたまらせてはだめだ。民岩の底に自由がある。ばらばらの私、対立する私の動ける空間としての革命の底にあるもの。くりかえし、そこに戻って、危うさの中で革命を新しくしてゆく。ブーランジェ将軍の軍国主義に対抗し、旧フランス植民地に固執する軍人に対抗し、クロムウェルのイギリス革命に対抗して、「すべての権力は腐敗する、絶対的権力は絶対的に腐敗する」と、居酒屋で飲んだくれが言う、これが民主主義なんだ。これはどこでも飲んだくれのよく言うこの言葉が、二万冊読んだというアクトン卿の言葉として、ラスウェル－カプラン編の『政治学事典』に載っている。ハイド・パークに行けば、奇人がおなじような趣旨の演説を今でもやっているよ。

小田　するとべ平連は、ハイド・パークというわけか。居酒屋ではないな。おれも鶴見さんも酒は飲まないし、開高健は高級酒専門だものな。

――この本『「べ平連」・回顧録でない回顧』（第三書館、一九九五年）の終わりに、吉川勇一作成の年譜が入っている。私と吉川さんとのつきあいは、小田さんと吉川さんとのつきあいとおなじだけの長さだ。私は彼とのつきあいで、自分に言いきかせている戒律がある。それは、吉川さんと私とに記憶の食い違いがあるときには、吉川さんの記憶のほうが正しい、という予断なんだ。

これと平行するような、記憶の再現の方法についての問題。

小田さんは、一二三ページから自分がデモ行進の中で感じたことの積み重ねを述べている。デモは何回にもなり、何年にもわたり、この本の刊行される一九九五年に及ぶ。一九六五年四月から一九九五年。ふり返りながら、小田さんは、これは自分がべ平連を起こしたときに、こう考えたとは書いていない。それは、とてもめずらしい。

小田　そうかな。そこに注目してもらえるのか。

――これは、たぐいまれな直感だ。六〇年安保反対で出発した人たちは、六〇年安保で見えてきたことに、自分たちの展望を閉じこめたがる。七〇年安保反対もまたしかり。しかし九〇年安保反対まで、そのとき見えていなかったことは何かを、しっかり見据えておかないと。

一九六〇年には、日本国家の米国追従政策が主に抗議の対象になるが、一九七〇年にはベトナム攻撃に日本が組していることがはっきりしてきて、世界の東西よりも南北が見えるようになる。日本が南北の北側に立つことを認めて、加害者としての自分が視野に入る。そして一九九〇年はどういうものになるのかが問題になるのだが。しかし、学生運動は教授攻撃に集中して、日本国の位置をかえって見失う。

このことがべ平連発足のときに自分には見えていなかったという正直な回想のしかたは、さらにその後の小田さんの活動を導く働きをしている。

小田　脱走兵でいえば、プエルトリコ人が脱走してきたことだね。

――当人に会っていないはずなのに、彼の個性をよく描いていると思った。

小田　それと、ジンとフェザーストーンといっしょに、日本縦断のティーチ・インをしたことだね。日常の会話を共にすることで、黒人に見える米国がはっきりしてきた。それは同時に、沖縄から見える日本でもあった。

――小田さんと私のあいだにあったけんかにふれよう。このけんかをさばいた吉川勇一の話をきいてつくった小熊英二の『一九六八年』(新曜社、二〇〇九年)に書かれたとおり。

一九六九年に大阪の天王寺公園で開かれた反戦万博の中で、主催者に対する造反が起こった。ここには六〇年安保に反対して起こった市民運動「声なき声の会」が、公園の地べたに寝泊まりする集団の一部として参加していた。しかし、この天王寺公園では、東京でのように名のある知識人が演説をするのではなく、地下道で大道芸を見て、それを通行人が批評する、そういう組み立てから大衆集会ができていた。それに似たものは、東京にない。強いて言えば、赤尾敏だ。この人には、おどろいた。

小田　そうか。それは、自分が気がついたことに加えて、柴田翔や針生一郎の反戦万博記を読んで、自分の反省を裏書きされた。

――その前に、思想的次元の低い、私と小田さんとのけんかに触れよう。天王寺公園とは関係ないが、これも長い目で見ればベトナム反戦運動の前史にあたるな。昔、数寄屋橋前で坐りこみをしていたときだ。そのすぐ前に、大きなトラックが乗りつけてきた。中に赤尾敏が坐って、静かに気息を整えている。出を待つ能役者のようだ。やおら立ちあがって、演説をはじめた。敗戦のころをふりかえり、二つの原爆を受けて息たえだえになっている日本に、約束を破って戦いをいどんだソビエト・ロシアをはげしく攻撃し、「こんなこともわからないんですよ、この馬鹿」、と指さした。指は、私をさしている。私はわずかの距離を置いて彼に対し、役者として彼は私より一枚上だと感じた。そのとき、政治上の対立を越えて、感動を覚えた。

小田　うん。赤尾には役者の呼吸があるな。

――反戦万博に戻ると、東京からきたべ平連幹部はホテルから現場にきて、天王寺公園の地べたで寝起きしている大衆と対立した。この一夜土民は、東京に帰ればまた土民でない暮らしに戻るわけだが、そんなことを説明しても、大衆の感情がやわらぐことはない。今テントにいる人たちは「声なき声」一九六〇年六月四日以来、私と運動を共にしてきたふるさとの同窓だ。ここで私は、小田実が中村錦之助級のスターとしてその花形俳優と握手したいという気分が運動を大きくするもととなった、と述べた。この言葉が、小田実を傷つけたことは疑いない。もうべ平連とも終わりだと、彼は思った。あたりまえだ。よく知らないやつが東京から電話をかけてきて、その一言を受けて、運動に誘いこまれて、その電話をしてきた男が自分を後ろから刺したのだから。

小田　うまいことを言うね、おれの気分を。

――その間のことは、小熊英二の『一九六八年』に正確に書かれている。翌日の夜、吉川勇一事務局長は小田実をタクシーに乗せて、京都の私の家まできた。小田さんは不機嫌なまま、タクシーから降りようとしない。吉川さんひとりがまず、私の家にきた。私の軽はずみな行動が、どういう結果をもたらしたかは、私にもわかった。

『べ平連回顧』で反戦万博でのいやな体験を小田さんが深く掘り下げているのにおどろいた。このけんかを梃子にして、小田実が各地のべ平連をとらえなおし、特に柴田翔と針生一郎が指摘した反戦万博での不始末を入り口として、べ平連の中にある地域差、べ平連の隙間を考えていることだ。

反戦万博を計画した小グループは、小田実のような花形スターを仲間内にもっていない。それは、小田のような孫悟空を欠く、それぞれが小孫悟空の集まりだった。その状況に根付いて、電気工は電気の照明を工夫するというやりかたで、反戦万博を支えてゆけばよかった。小田さん自身については、彼が責任を持たないゆきずりの通行人のひとりとして演説するのではなく、自分の持ち分を活かして活動したとすれば、そこは彼が十四歳のころ、反戦万博の現場近くにいて、日本政府の敗北受諾後にそれと知らせる米軍のビラとともに、小田さん自身をふくめて、日本人大衆に爆弾を落としたということ。小田さんの思想の根底となる「難死」の思想をかたちづくる場所だった。作家としての自分の持ち分を活かして、そこでその話をすればよかった。

こうして反戦万博のほころびを入り口として、小田実はべ平連自体を考え直す。頂点に立つ組織者は、ふつうそんなことをしないものだ。小田実とちがって大衆の反対に巻きこまれずに、斜めからこの反戦万博を見て参加記録を書いた柴田翔と針生一郎。この二人の文章を読んで示唆を受け、自分のべ平連組織を根本から考え直したこの回顧を、私はほかに肩を並べる組織人の回想に思い及ばないほどすぐれたものと思う。

小田 すぐに反省できたんじゃない。時間をかけたんだ。反戦万博から、この本の出版まで、二十年はかかってるやろ。

――その年月、考え続ける持久力がすごい。それと、組織の根に向かって掘り下げて考える指導者を、べ平連がもっていたということだな。このように二十年かけた思索で、小田実は反戦万博に対した。そういうやりかたで、小田実はべ平連を護った。

反戦万博の大論議の中で、「小田、吉川はべ平連の中で量から質への転換がいかにして可能かに答えていない」と、針生一郎は書いている(『「べ平連」・回顧録でない回顧』五三三ページ)。

このところで小田実は書く。

> 私には疑問があった。それは、なぜ、量は必ず質に転換されなければならないのか、というおそらく根本的な疑問だった。私の答は、この疑問の出し方ですでに察知されるように「否」であり、量は量のまま残っていていいだった。いや、残っているべきだ、残っているからこそ、量は「市民」でありつづけるのだ。(同、五三三ページ)

「前衛」の「質」に転換することのない、ただの「量」でありつづける市民の動き――それが私

にとっての「べ平連」の運動だった。（同、五三四ページ）

べ平連に内ゲバはあったか？

小田　ないんじゃないか。はじめにおれの書いたビラは、内ゲバを誘うものではない。なにひとつ、考え方を人に押しつけない。

大国アメリカが海を越えて、北ベトナムを爆撃するのはひどいじゃないか、という感情の表現だ。そういう米国のやりかたに日本政府が協力するのはやめてほしい。市民としてそれに反対しようということだ。そこには、書かれていなくても、仲間に入ってくる者に暴力を加えるという考え方はない。

――夜中近く、私の京都の家に電話がかかってきた。吉川勇一さんからだ。東京のべ平連事務所からだという。今、なぐりこみがあった。自分もなぐられたし、事務所に残って仕事をしていた若い者もなぐられた。なぐった連中は神戸からきて、べ平連代表の小田実の書いた「冷え物」という小説が差別文書で、けしからんと言う。なぐりこんできた者は、べ平連の外からきたと、なぐられた当事者である吉川勇一は言う。そう考えると、べ平連に内ゲバがあったことにはならない。

しかし、どこからがべ平連の外側かは、べ平連の性格からいって、確定しにくい。現に、なぐられた若い人たちは、なぐりかかってきた者の言い分を認めて、その後、べ平連の年長者たちとのあいだが冷え冷えとしたものになったと、その場に居合わせなかった年長者の一人として、鶴見良行から私はきいた。

同時代は、内ゲバがめずらしくない方向に入っている。その傾向は、大きくなったべ平連にも忍びこんでいた。

小田実の回想録から引く。

「べ平連」そのもののことをもう少し書いておこう。「ある手紙」を書き終ったところで、私は山を降り、事務所に出かけて、若者たちのまえでそれを読んだ。私は正面きった「反論」を期待したのだが、それはなかった。私は言った。考え方のちがいがそれぞれにあるなら、それがいっしょにやって行けないほどのものだとみんなが感じるなら、ここにある「べ平連」は解消しよう。それぞれに自分でつくりなおそうと提案した。私の「ある手紙」と私の提案があまりに衝撃的だったのか、若者たちは無言だった。「なんだ、きみたちはそんないいかげんだったのか」と鶴見良行氏が怒り、怒りのなかで泣き出したことを、まだ私は昨日のことのようにおぼえている。

（同、五六二ページ）

鶴見良行の動きに私はつけたしたい。良行の父鶴見憲は、私の父、祐輔の弟で、こどものころから世話になった兄よりも上の勲一等を、自分がもらうのは申しわけない、という家族的忠誠心をもっていた。この一族の共同性から、はっきりと良行（憲の長男）は抜け出して、小田実の門徒としての別の忠誠心をもって、べ平連出発以来、自分の公務の暇をべ平連に割いてきた。べ平連の若者に対する彼の期待は大きく、そのために失望も大きかったにちがいない。私はもうひとりの小田宗の門徒として、良行の反応に共感する。

自作「冷え物」について、小田実は、キューバで起こった先例に示唆を得て、この作品によって傷つけられたと思った被差別者と討論し、その言い分と自分の言い分をあわせて本にしようと提案した。批判の急先鋒だった関西べ平連は乗ってこなかった。小田は旧知の土方鉄に頼んで「冷え物」批判を書いてもらい、自作といっしょに刊行した。土方鉄は、被差別者として感じる痛みと反感をこめた文章を書いて、小田の原作とともに発表した。このときの小田実の対応は立派だった。

小田　そうか。そう思ってくれるか。

――これは反戦万博の大会での対立から尾を引いている。べ平連は時代の潮流の中にいる。その全体を前衛の運動にしようという考え方はまちがっている。その点について私は、自分がそれまであいまいであったことを自己批判する。同時に、べ平連の事務を支える人たちが、旧時代の学生運動の影響を受け、小田、吉川、鶴見良行とちがって、もろに前衛意識をもっているという現象をまっすぐに見ることにしたい。

Ⅳ

――小田実はどこででも書く。すこし時間があると、活動の合間に書いた。面と向かって天才とか、偉人とか言ったことはないけれども、小田さんへの敬意はゆっくりと積み重なって、私自身の一部になった。

著作の全部をくまなく読んだとは言えない。書きすぎだという印象を与えている。しかし、これは、べ平連の運動が大きくなるにつれて、資金の調達の必要も大きくなったことの結果だ。それは、大きな政党の役員であり、あるいはまた組織で日当動員される人たちにはわからない。

小田　たいへんな負担だ。べ平連の九年のあいだにたまっていった。

――それでも、べ平連を放りだすことはなかった。この架空対談のために、小田さんの著作を読み返すと、縁日に、自分の縄張りに何軒も店を出している親方が、ひとつひとつの店をまわって見ている感じがした。

小田　縁日の親方か。でも、たいしたテラ銭は取っていない。

――世間的な名声はついてまわったけれど、この何十年ものつきあいを通して、名誉に対する欲望は少ないね。

小田　そう言われるとうれしい。

――私は政治家の息子で孫だからね。名誉欲をもっている人の見分けはできる。あるとき、京都の部落解放会館で、君が代を歌うのを強制することに反対する集会があった。長野県から出てきた人と話しあっているうちに、それが従弟(後藤新一)だということがわかって、私の家につれてきた。偶然、客間に後藤新平の書が掛かっていた。新平が牢屋で書いたメモを、自宅に戻ってから書いたもの。それを見た新一は、「俊輔さん、まだこんなことやってるんですか」と言う。まいったね。外孫で別姓の私とちがって、彼は直系の孫だ。長野県の農業高校の教師として生涯をすごし、退職金で有料老人ホームに入って、そこで亡くなった。祖父の名声と無関係に生きることが彼の生涯だった。後藤新平とのつながりを人に言われることを避けて一生を送った。

だが、小田さんは国境を越えて組織者としての力をもった。それだけでなく、『玉砕』という中編を書き、それがドナルド・キーンとによって編集され、放送された。

小田　この小説は、十四歳のときの自分の体験がもとになっている。自分の思想の根底がそこにある。それを書いてみたいと、長く思っていた（*The Breaking jewel*, A Novel, Translated by Donald Keene, Columbia University Press, New York, 2003）。

――「玉砕」という言葉は、ドナルド・キーンの序文によると、六世紀の中国（北斉）のある人物の伝記に出てくる。南北朝時代の北朝のひとつ、北斉の史書「北斉書」の中の「元景安伝」に出てくる「大丈夫寧可玉砕、不能瓦全」に由来する。

割れずにある一枚の瓦であるよりは、砕かれた宝石でありたいという。並みの土くれとして不名誉の人生を生きるよりは、名誉ある死を選ぶという意味だ。

もともと日本の国家には、それを強制する考え方はない。日露戦争のときには捕虜になった者が多くいて、国内に戻ってもはずかしめられることはなかった。大東亜戦争になってからは、「生きて虜囚の辱めを受けず」というのが軍の方針になる。定義としていえば、「玉砕」とは、米軍にとって、

「バンザイ」と大声で叫んで突撃してくる自殺覚悟の攻撃のことだ。その効果は、米軍にとって、小さいものだったとキーンは言う。そのころ、キーンと私とは敵味方として、玉砕の効果をそれぞれの交戦について読み合っていたのだ。キーンはあわれみをもって。私は嫌悪感をもって。

私のいるジャワは安楽な暮らしながら、海をへだててオーストラリアに対している。事務所には、日本軍がオーストラリアに上陸したときに使う英語入りの軍票の詰まった俵がころがしてあった。アッツ、キスカ(これは海軍の作戦で秘密裏の撤退)、ペリリュー、サイパンと、増えてゆく玉砕当事者の数を短波放送によって記録しながら、この土地が巻きこまれてゆくとき、どういう形になるか、自分はどう処するかの計画を、私は自分の内部でたてていた。海軍の事務所はオランダの建築なので、便所に鍵をかけて閉じこもることができる。隠し持つ(盗んで手に入れた)阿片をそこで呑んで自殺するつもりだったが、致死量がわからない。昔読んだ森鷗外の『諸国物語』に、呑みすぎて吐き、意識を取り戻す話があった。そうならないように。敵に投降する勇気はなかった。

小田　妙な関係だね。

——何千人もの人に槍を突きつけられるというのが、日本国民に囲まれているときの私の感じで、それはアメリカに逃げこんで解消するものではない。張作霖爆殺の号外を手にとって以来の長い間に私の中にかもされたものだ。日米交換船で日本に戻ってきて、家に帰ってからも消えなかった。それに軍隊だ。戦争と戦争反対のあいだにだけではなく、英語と日本語のあいだにある隙間に落ちた。今はかぞえ九十歳に近く、もうろく語が一種の普遍語(ユニヴァーサル・ジャーゴン)になって、そこにかすかな出口を見ている。

小田　おれの日本語では救済にならないのか

――小田さんの日本語で書くものにはマルクス主義の裏打ちがないからな。私の立場は反・反共。反共には反対という立場で、京都のべ平連には共産党に反感をもっている人が多いので、私がこどもを共産党の保育園に入れて、送り迎えする中で、悪いうわさを自分たちについて流すのじゃないかと、保母さんから警戒の目で見られていた。そういう問題について小田さんと話しあったことはないが、話しあいなしで了解が成立していた、と私は思っている。

小田　すでに幽界にいるから、現世のことにはうといが、たしかに共産党に対しては、私たち二人の立場は一脈通じていた。共産党がべ平連の中の共産党除名者について文句をつけたときにも応じないし、ひろい立場に立っていっしょにデモをしようと申し出てきたときにはいっしょにやった。

――キーンの英訳は、私の中に残っている英語から見て、すばらしい。アメリカ軍隊内の言葉づかいと日本軍隊(陸軍)内の言葉づかいとは、まるきりちがうので、苦労したらしいが、日本軍隊内の沖縄出身者、朝鮮出身者への差別をしっかりとらえている。朝鮮人の兵士が自分の受けた差別を梃子として軍隊位置の成績を上げようとする心理も、しっかりと受けとめている。この葛藤は米国の人にはとらえにくい。数年前、オランダの判事レーリングに、実物の裁判から何年もたってからきてもらって、東京戦争裁判の回顧をやったとき、今は英国籍になっている米国人が、自分はBC級戦犯裁判の記録を全部読んだと言って、その記録の中に朝鮮出身の看守に対する差別があることを認めないで、私と押し問答をした、いやな記憶がある。米国人の中に、自分たちは植民地をもたなかったから差別がないという抜きがたい信念が生きていることがわかった。私は米国東部のミドルセックス校で大学受験への準備をしたので、そういう信念をもつ米国人がいることを知っている。あれから七十年たっているのだから、今もいるかどうか。

小田　いるねえ。ティーパーティを見ればわかるさ。

——玉体とか玉音とかの用例で天皇のことをさすことが戦前、戦中はあり、戦後もはじめのうちは使われたが、今も用例はあるのだろうか。米国が八月十五日の日本国降伏を知っていて大空襲を実行したという背景には、昭和天皇自身の命乞いが何万人もの日本人の難死をもたらしたという認識がある。ここから、自分はどのようになってもよいという御前会議での天皇の発言が嘘泣きに見えるという感じが、小田さんの中に生まれた。その感じは私にもある。同時に、現天皇と皇后は、言葉を越えて、身振りを通して、父・昭和天皇の贖罪をしていると私には感じられて、そこに小田さんの感情とわずかのちがいができる。

ジャワにいたとき、ロンボク島の王様が武官になにか頼みにきた。お供をつれずにひとりできて、武官の部屋の前のソファに腰掛けていた。そのとき、日本の天皇も太平洋上の島の王だなあ、と感じた。

ハワイの王朝は、米国に跡をとどめずになくされたが、カメハメハ大王のように、日本の戦後の歌に残っている人もいる。史実としてハワイでは、日本に早くから親しい感じをもっていて、ハワイの王室は日本の皇室と婚姻関係を結びたいと思い、その意志を伝えた。日本側はそれに応えなかったが、婚姻はともかく、日本からも親しみを示せばよかったと思う。

ハワイのフラは、それぞれの島に固有のもので、生きかたのスタイルを伝える流儀だそうだ。池澤夏樹の『ハワイイ紀行』はそのことにふれている。もっと早く、性科学の開拓者ハヴェロック・エリスは『生の舞踏』で南太平洋にスタイルとしての文化を伝える伝統があることにふれて、イギリス流の文化の見方への頂門の一針とした。日本の文化への見かたもヨーロッパ流儀とはちがって、和歌に親しむ天皇を元にした別の見かたがありうる。

小田　途方もないことを言うね。おれにはなんとも言えない。「軍人に賜りたる勅語」とはちがうことは、たしかだな。

——近ごろ、丸谷才一の批評集『樹液、そして果実』(集英社、二〇一一年)を読んで影響を受けた。それより七十年も前にハヴェロック・エリスに熱中して、イギリスの社会主義運動フェビアン協会をつくる前のエリスの活動について敬意をもっていた。私は、マルクス主義の脈絡からだけで天皇制をとらえたくない。

小田　おれはマルクス主義からとらえているのではないよ。終戦の条件つき受諾が昭和天皇の個人的命乞いだという歴史上の事実として言っているんだよ。

——それには、私も共感する。今の天皇が朝鮮併合のしかたにさかのぼって言及し、そればかりでなく、明治天皇在世中に、根拠なく大逆事件をつくりあげ、無関係な者も死刑にしたことへのおわびを、百年おくれてでも、したほうがいい。アッツ、沖縄、ペリリュー、サイパンへのつぐないがあってほしい。権力から離れた象徴として、それをおおやけにするのがいい。

マルクス主義の文脈からの天皇追及には、自分たちの党派をあやまりを犯し得ないところに置いてものを言っているような気がするんだ。党の命令によって、共産党員を装った警察のスパイと結婚させられ、これを恥じて自殺した熊沢光子のことが、今日も共産党指導者の視野に入っていない(山下智恵子『幻の塔』BOC出版部、一九九六年)。私は自分が悪い人間であることを隠さないで共産党党史にこの欠点があることを言いたい。

小田　おれも、自分を誤りのない人間の場所には置いていない。

——そうだ。そこに小田さんの組織者としての力がある。

私は小田さんの文学の読者として、D・H・ロレンスを連想するんだな。「死んだ男」という作品で、十字架から降ろされて洞窟の中で目ざめたイエスが、ふらふらと出てきて、マグダラのマリアに会うと、「主よ」と呼びかけられて、自分は金を持っていないので、「金くれ」、とまず言う。もっと先に行くと、また昔の仲間に会って、また「金くれ」と言って、もらう。その先はここでは言わないが、それまでのイギリス小説にない大味な文章が続く。最後はどこともしれないところに舟を漕いでゆく。

小田　トマス・ウルフよりも、おれに作風が似てるじゃないか。

——少なくとも、有島武郎よりは小田さんに近い。有島は、もうしわけないと頭を下げてばかりいて、小田さんより私に近い。有島は長男だしな。末っ子の里見弴の野放図なところがない。

小田　おれは、自分は有島に似ていると思っているのだけどな。

――ここで論争にはいると、私の役は後出しじゃんけんになるから、だまってきいているよ。

「人間チョボチョボ」の先進性

世界思想史の「系図」から、小田実の思想を見るということを試みてみましょう。すると、まず、スコットランドの常識哲学というものを思い浮かべます。

スコットランドは、近代日本ととても親密な関係がありました。明治維新の原動力の一つであった長州藩は、藩士にわざわざ脱藩させてスコットランドへと送りました。彼らはスコットランドの鉄道技師から鉄道のことを学びました。そして、明治維新後に帰国し、日本に最初の鉄道を敷く計画を立てた。さらに、スコットランドからスコットランド人技師を呼んで、そこから日本の鉄道は始まったのです。

開国前の日本人は、たいへんよく勉強したのだそうです。そんなに勉強しなかったスコットランド人は大変驚き、「なぜそんなに勉強するのか」と訊《たず》ねた。そうすると、その日本人は、自分たちの先生である吉田寅次郎という人物の話をしたのです。

吉田寅次郎は、吉田松陰の名前で知られている、松下村塾をつくった人です。自分の先生はほんとうにすごい人物で、首を切られるときも朗々と謡を吟じながら死地についた。だから、こういう先生の教え子である自分も、勉強しなくてはならないのだ、と。

この先生の話にスコットランド人は感心し、吉田寅次郎の伝記を書いた。世界で最初の吉田寅次郎伝を書いたのは、ロバート・ルイス・スティーヴンスン(Robert Louis Stevenson)という、スコットランド人だったのです。彼は『ジキル博士とハイド氏』の作者です。このように、スコットランドはとても日本と縁が深い。

「常識哲学」と間違い主義

このスコットランドにおいて、常識哲学という哲学の一流派が生まれています。その流派を代表する哲学者は、トマス・リード(Thomas Reid)で、リードの代表論文には、常識の原理の上に立った人間精神への探求が読み取れます。小田さんはおそらく、トマス・リードを読んだことがないと思います。けれど、二人の言っていることは、非常に似ている。どういうところが似ているのか、あとでご説明します。

また、この常識哲学から影響を受けた一人に、チャールズ・パース(Charles Sanders Peirce)がいます。パースは、常識哲学を自分の思想にするとともに、あわせてファリブリズム(falliblism)＝間違い主義、なるものを付け加えました。パースはアメリカでプラグマティズム(pragmatism)を唱えた人で、世界的な影響を及ぼしました。私はおそらく、小田さんはパースも読んだことがないと思う。けれども、非常にそれに似た思想を自分でつくり上げました。こういう、本来の流れの先にではなくて、まったくかかわりのなさそうなところに似たような思想が生まれていく、ということは、世界思想史においては、いたるところで起こっています。

たとえば、小田さんは「人間みな、チョボチョボや」という。この考え方は、パースの間違い主義にも、リードの常識哲学にも近い発想なのです。つまり、人間がふつうに持っている常識から組み立てて、世界の再構築を考えていこう、という大枠において、同じ流派にあたるのです。これは、自分が、まさにいま見ているその世界を非常に大切にする、ということです。

肉眼でみたものを大切に

小田さんは十四歳（数え年）のときに大阪大空襲に遭《あ》いました。そのとき、自分の目の高さから見た世界――大きな人でしたけれど、まだ子どもだったので、さほど高い視点ではないはずです――を覚え続けています。何年もたって小田さんは東京大学に入学し、その後、フルブライト奨学生としてハーヴァード大学に留学します。そして、ハーヴァード在学中に、あの自分の遭った大阪大空襲の写真を目にする機会を得ます。それは、小田さんの記憶している目線ではなく、さらに高くからの、飛行機から撮影した記録写真でした。それは、トルーマン大統領が見た写真であり、報告を受けた大阪大空襲でした。

日本からアメリカへは、多くの留学生が行っています。たいていの学生はこういう場合、大統領が見た写真のほうが「高級」だと考えるので、自分の中の記憶をすり替えてしまうのです。自分の肉眼で見たものと、より「高級」だと考えるものをすり替えてしまって、そこからさまざまな思考を出発させるのですが、小田実という人がほんとうに特異だったのは、そのすり替えを行わなかったところにあります。彼は、自分が十四歳のときに見た、逃げ惑う人々、焼き尽くされる町の、その空襲の肉眼の像を、けっして米国大統領の見た写真とすり替えなかった。

やがて、帰国し、彼は日本で運動を始めます。そうすると、その運動について、隅々まで目が届くわけではないので、いろいろな批判をうけることになります。たとえば、一度、部落解放運動の団体から批判されました。作品のなかに、差別に触れているところがある、という指摘です。そうすると、たいていの場合は、どうするでしょうね？　小田さんは、そのとき、次のような反応をしたのです。

「自分に至らないところが確かにあったかもしれない。それが間違いなのであれば、正しいことを伝えなければいけない。どうすればいいだろう？　一緒に本をつくらないか？」

つまり、批判を排除しないのです。これは、なかなか大変なことなのですが、小田さんはそういう人なのです。そしてそのときは、実際に一緒に本をつくって出しました。

この考え方、思考回路が常識主義であり、間違い主義なのです。他人も自分も、みんなチョボチョボの人間だから、かならず間違いは犯す。だったら、間違いを指摘してくれた人と一緒に行動したら、間違いが少なくなる。このようなアイデアは、じつに雄大だと思われませんか。

このように、世界の隅々、さまざまなところに、似た考えを持った人が、もしかしたらいるかもしれません。そういうものに対して目を開かせる世界思想史を、われわれは考えたほうがいいと思う。

私はスコットランド人のトマス・リードと並べて、その横に批判的常識主義として小田実を置いてみたい。そうすることで思想の新しい視界が開かれるように思います。

小田実とジョン万次郎

相似性は、他にもあります。私は、ジョン万次郎と小田実が、似ていると考えています。万次郎の話は前作(『憲法九条、未来をひらく』岩波ブックレット、二〇〇五年)にも書きましたが、少し、説明します。

ジョン万次郎は十四歳のとき――小田さんが空襲にあった年齢と同じ年――に、漁師の手伝いをしていて暴風雨に遭い、仲間と一緒に無人島に打ち上げられてしまいます。こういうとき、若いから身軽に動けるんです。鳥をとって蒸し焼きにしたり、魚を捕って食べたり、といろいろなことをして、仲間の中の主だった一人になっていく。

そのうちに彼方からアメリカの捕鯨船がやってきます。万次郎は日本でも学校には行っていないし、英語はまったく知らないのです。でも、そこはなんとかなるのですね。英語はまったくわからないけれども、身振り手振りでなんとか会話し、意思を伝えるのです。けっこう、手振りだけでもいろいろなことが通じるのですよ。「腹が減った」「何か食いたい」。そういうことなら、ジェスチャーだけでも大丈夫でしょう? それが、万次郎の言語だったのです。

その捕鯨船のホイットフィールド船長が、万次郎を自分の家へ連れて帰り、アメリカで学校にも行かせてくれたのです。教会で有色人種である万次郎が入場を断られたエピソード、そして、日本への帰国の途上、万次郎がホイットフィールド船長に出した「親愛なる友よ(Dear friend)」という感動的な書き出しの手紙のことなどは、前回お話しした通りですから、繰り返しません。付け加えれば、「友よ(Dear friend)」というこの呼びかけ、これは偉大な思想なのです。

今、アメリカは日本の宗主国みたいになっていますね。日本の大臣は「Dear friend」と呼びかけているでしょうか。そうではないですね。アメリカの国務長官と日本の防衛大臣が並んでいる写真を見ると、光栄に思ってなのかどうなのか、日本の大臣は頬が紅潮していたりしますね。ところが、万次郎の態度は、ぜんぜん違います。身の丈の人間として、身の丈の人間である船長を尊敬し、信頼しているのです。そこから考えてみると、万次郎は驚くべき人間なのです。万次郎から小田実まで実に百十年の隔たりがありますし、その間に日本は急速な近代化を遂げました。にもかかわらず、この二人には類似する点があるのです。それが「身の丈」「人間チョボチョボ」を実践していることなのです。万次郎は「人間チョボチョボ」という思想の先駆でもあるのです。

「反戦」の日本思想史

はじめて私が小田実に会ったとき、彼は三十歳そこそこでした。自分はいろいろなことができる、と彼は思っていました。「何でも見てやろう」でしょう。いろいろなことを思いつき、つぎつぎと考え実践する。そのころ、彼は、まったく自力で一人だけで日本思想史を書いてみたいと言っていたのですよ。普通、大学生になった人は、そんな非常識なことを考えないものなのです(笑)。しかし、小田実は考えた。

そのときに私が話したことに彼が非常に興味をもったのがきっかけでした。日本の中で、戦争中、この戦争は間違っている、戦争すべきでないと言ってずっと牢屋に入っていた人がいる、という話をしたのがそのきっかけです。

灯台社をご存知でしょうか。キリスト教の一派です。その団体の日本支部長――アメリカの本部から派遣された、明石順三という人物――が、戦争に反対してずっと投獄されていたのです。釈放されたのは、敗戦後です。新聞記事でアメリカの本部は釈放を知って大変喜び、貨物船でまず食糧を送ってきました。これは、みんなが飢えているときですから、本当に助かりますね。

ところが、それからよくよく話をきいて、アメリカの事情を知ると、アメリカの本部では戦争に反対していない、ということがわかってきました。自分たちは反対した。国旗を舞台の上に乗せることはしないと決めていたのに、アメリカ本部では国旗を舞台に乗せているし、いろいろなことをやっている。何より、戦争に反対していない――。明石支部長は、「本部は間違っているのではないか」と、本部を批判する文章を書いたのです。ところが、長いあいだ牢屋に入っていたものだから、スラスラと英語を書けない。そこで、彼と同じく、徴兵されても銃を軍隊に返してしまった村本一生という東京工業大学出身の人に手伝ってもらって英語の手紙をなんとか書きました。すると、アメリカの本部は怒ってしまい、「お前はこちらから派遣した人間だが、裏切りものだ。除名する」といってきた。

そのとき、明石支部長はその除名に反論します。その反論の文章が非常に立派な内容のものです。この、明石順三の名前は灯台社の歴史から削除されています。これは、戦時中、反軍演説をおこなって翼賛議会から追放された斎藤隆夫と同じようなものだと思います。その演説は議事録にはのこっていません。

小田は、このエピソードを糸口として、日本思想史を全部書きたい、と言うのです。とんでもない話です。普通、大学教授はこういう日本思想史を書かないでしょう。古代の天照大神《あまてらすおおみかみ》から始まって、明石順三とか村本一生までが登場する日本思想史を、どう考えても普通じゃない(笑)。

「友よ」と呼びかけるところから

小田実は、いまの明石順三支部長が書いた反論のことや村本一生のことは知っているけれど、それ以前の経緯は知らない。また、ジョン万次郎についても、そんなによく知らなかったと思います。ましてや、スコットランドのトマス・リードについても、アメリカ人のチャールズ・パースについても知らなかったでしょう。

しかし、世界思想史の地図では、彼らは小田のすぐ隣にいると思いませんか。このような類似性に基づく、それぞれが呼応するような世界思想史はまだ書かれてはいませんが、これからわれわれは書くべきだと思います。そして、自分の中にそういう思想史地図をもっていて、その中に小田実を置いてみたらどうでしょうか。そして、チョボチョボな人間同士として共感できる人、信頼できる人に「Dear friend」と呼びかけることを続けたいと思います。そうしてつながっていきたいと思うのです。

誰からはじめましょうか。たとえば、アメリカ大統領(〇八年三月八日現在はブッシュ)に手紙を書いても、効力はないと思いますので(笑)、すでに故人ではありますが、「原爆を落とす必要はない」といって当時のアメリカ大統領をいさめた、戦争当時の幕僚長のリーハイ元帥《げんすい》に向かって、万次郎にならって「Dear friend」と呼びかけるところから、はじめてみるのはどうでしょう。

リーハイは、すでに話した、小田が十四歳のときに経験した大阪大空襲の航空写真を、トルーマン大統領とともに、あるいは彼以上にきちんと見ていた人物です。彼は、当時もうすでに、日本には連合艦隊がないこと、軍需工場も壊滅状態であることを知っていました。だから、ドイツが負けたいま、日本に原爆を落とす必要はないと大統領に進言しています。

ホイットフィールド船長も、リーハイ元帥も、いずれもアメリカ人です。しかし、世界思想史の地図は、縦横無尽に隣にいる人を選びます。そうやって、人間同士が信頼でつながっていく。われわれの運動がそういうものになってほしいと、私は思っています。

(二〇〇八年三月八日「九条の会講演会　小田実さんの志を受けつぃで」での講演。『憲法九条、あしたを変える』岩波ブックレット、二〇〇八年、所収)

プラグマティスト小田実

いままで読んだことのなかった小田さんの本ですが、『生きる術としての哲学』(岩波書店、二〇〇七年)という本を数日かけて読んだんです。編者の飯田裕康という人と高草木光一という人は、非常によく捉えている。大変構成がきちんとした本で、これを読むと、小田さん流のプラグマティズムというのがよくわかる。

日本では明治時代に大変偉いプラグマティストが出ている。名前を挙げれば、夏目漱石、柳宗悦、それから最後は石橋湛山。いずれも、アメリカのウィリアム・ジェームズ(William James)なんです。きちんと読んでいる。もう一人挙げるとすると、西田幾多郎。西田は、ウィリアム・ジェームズの根本的経験論(radical empiricism)を非常にきちんと読んでいて、それが『善の研究』のインスピレーションになるんですね。

自分で考え、自分の思想をつくり出した人というと、この四人です。四人のうち西田を除けば大学の哲学科とは関係がない。だからプラグマティズムは哲学としては取り上げられない。しかしこの本を読んで私は、小田実を五人目の日本のプラグマティストとして挙げられるのではないかと思ったんです。それで、自分なりにメモをつくってみました。

「生きる術としての哲学」というのは、まさにプラグマティズムを定義づけをするとすれば、そうなると思うんです。もともと、ウィリアム・ジェームズという人は、単細胞が単細胞同士で液体のなかで挨拶をし、「また会いましたね」という挨拶にあたるものをお互いの間でしているといったことを言っているんです。で、彼は、地球にもし意識があるとしたら、地球のなかにいろいろな生物が痕跡、足跡をつくるでしょう。それが、脳のなかの筋道になっているというのです。

「地球が考える」というのは、ドイツの哲学者フェヒナー(Gustav Fechner)が考えついた幻想です。もともとフェヒナーが思いついたものなんだけれど、ウィリアム・ジェームズが、一回だけそれについての講義をしている。それは、「不滅についての講義」というものです。「地球がもし考えるとしたら……」。生き物は、必ず状況のなかで生きるための道をつくる。彼はそれをプラグマティズムと考えた。もっとも、それは大学で哲学者がプラグマティズムとして考えるようなものではない。

大学の哲学科に入ると、そこで哲学を学んでいく場合には、まず今までの哲学者がやってきた定義の堆積、どう定義するかという、観念がとにかく重視される。

小田さんの考え方というのは、人間が基本なんだ。「現場から」というのが重要な考え方で、誰もが現場に置かれていると考える。現場に置かれた人間というのは、一人ひとりの自分なんですよ。どんなに小さな自分であっても。

そして現場は常に混沌としている。整理された状況にない。ましてや、いままでの哲学者がずっと積み重ねてきた定義の体系というものなど、一切受け継がれない。自分が、現場の混沌のなかで生きる道を探すときに、自分でつくるもの。小田さんの場合には、そういうものとして現場があったわけですね。

書かれたものだけでいえば、十四歳――十三歳かもしれない――のときの大阪大空襲で、爆撃されて逃げ惑っている群集。そして群集のなかに置かれた中学一年生の自分。そうした状況のなかで何かを考えるわけですが、そのときの、生きる道を探すのがプラグマティズムですね。その生きる道を探したという経験を、あとでフルブライト留学生になってハーヴァードに行ってからも、小田さんが手離さなかったもの。この二つの契機だと思いますね。

小田さんはそのあいだに東大を出ているのですが、東大出の人間の特徴というのがあるんです。私がいままで会った東大出の人間の典型は親父なんですが(笑)、困ったことに一高を一番で出たんです。親父は私にとって、東大出というものの原型です。一緒に飯を食った経験の堆積から、どういうふうに東大出の人間が考えるのかが私にはよくわかる。小田さんは、まったくそのタイプと違った。

どういうふうに違うかというと、十四歳のときに、混沌とした群集のなかで、あっちへ行ったりこっちへ行ったりする。自分だけでまっすぐコースを決められるわけじゃなく、群集のなかで、押されてこっちへ行ったかと思うと、逆に押し流されて反対側に行ったりする。これは『河』に出てきますね。自分だけでは、コースを決められないんですよ。だけど、自分で選んでいることもたしかなことです。それは混沌であって、その混沌から出発する。そのときに、爆弾が落ちてきて逃げ惑っているわけですね。後に小田さんは、フルブライトの留学生としてハーヴァードに行っていたときに、アメリカの新聞で、同じ空襲を捉えていたそのときの写真を見ます。これは超高高度から写しますから、その写真がアメリカの大統領が見ていた写真なわけです。アメリカの大統領は、原爆を落としたときはトルーマンですが、トルーマンが見たのと同じ写真を、小田さんは新聞で見るわけですね。

その同じ写真を見て、同じ現場にいたことは確かなんだけど、爆弾を落とす側と、落とされる側とで、東大出の留学生というものは、私の偏見をもって構築するとすれば、普通はそのときに爆弾を落とす側から見た写真に記憶を入れ替えてしまう。もとの記憶は、捨てるんです。そして、アメリカのニューヨーク・タイムズなら、タイムズに複写されている、大統領の見た写真を高級だと思うわけね。

その点が、小田さんも東大の卒業生なんだけれども、ほかの東大生とを分かつ所以なんです。東大生というのは、私が偏見からつくった概念でいえば、皆、二人連れで東大に入ってるんです。自分一人の知恵で入ったと固く信じてるんだ。私の親父を見たってそうですよ。だけど、そうじゃないんですよ。欲と二人連れで入ってるんだ(笑)。そのことを、社会的に出世するなかでも、定年になって退職した後も、死ぬまで気がつかない人が大方なんです。自分は双子であったことに。

絵描きのルノアールは双子だったんです。体のなかに自分の兄弟がいた。最後になってわかるんだけれども、彼は自分が兄弟と一緒に暮らしているということ――その兄弟は死んでいるんです――に気がつかなかったんですよ、ルノアールは。で、東大生の大方は、自分が双子と一緒に東大に入ったということに、死ぬまで気がつかないんだ。ところが、小田さんはそうではなかった。それが小田さんの個性であり、独創性なんですね。

ハーヴァードに行っても、自分の元の混沌のなかでの記憶というものが、トルーマンが見たであろう写真によって置き換えられていない。高級なものに替えられていない。置き換えないし、そのとき混沌のなかで自分がつくるほかなかった概念を手離すことがない。小田さんはこの『生きる術としての哲学』の中では、その連続性を保ってしゃべっています。

それを、この編者の二人は、実によく整理しています。私は、この本に感心しました。小田さんのなかのすぐれた本の一冊ですね。これ一冊から入っていってもいいんじゃないかと思うのは、『何でも見てやろう』、それから開高健との共編の『世界カタコト辞典』、それから『「アボジ」を踏む』、『終らない旅』。このあたりをずーっと読んでいくと、小田さんの考え方がわかってくるのではないかと思う。いちばん重大なのは、現場からの出発ということですね。現場は混沌としている。どの現場も。

その混沌としたものを、誰かが整理したものに置き換えないで、その混沌からもう一度考える。混沌のなかで、自分が生きる方向を見据えるということだと思うのです。混沌のなかから、自分がいくらかの概念をつくる。定義するということです。この定義というのは、語り伝えられた定義ではなくて、自分で定義することです。だから私は、小田さんとは法律という概念について話し合ってみたかったですね。

法学者というのは、定義の積み重ねを初めに教わっていますからね。小田さんの出したい法というのは、混沌のなかにいて、自分が生きる道としての法なんです。そういうふうに、現場というのはいつも混沌としている。いまの世界は、あまりに混沌としているから、誰かの地図から始めなきゃいけないというふうには、小田さんは考えない。十四歳のときに、爆弾を落とされて右往左往している、日本の群集の混沌から考えていこうとする。いまの世界を。

そういうところから、世界に対する姿勢が出てくるわけで、小田さんもその地点にかえって、そこから話し合いたいと思っていたのじゃないか。

ギリシアといえばプラトンですが、プラトンじゃなくて、もっとその前のソクラテスとか、あるいはソクラテスが立って議論をしていた場というのは、ギリシアの町そのものですね。それは混沌なんです。その混沌から考えていけば、もう少し、いまの democracy というのがわかるんじゃないかというのが、対談の小田プランだったのではないかと思うんです。

小田さんの危機感の根底には、定義がだんだんに擦り切れてくることをどう考えるかということがあった。憲法九条とか非核三原則といった定義について真正面から論じ、歯止めが利かなくなっている今の状況とどう取り組むかということを、小田さんは考えようとしていたのだと思いますね。

（二〇〇八年十一月、於京都。玄順恵との対話）

Ⅱ　オリジンから考える

小田　実

小さな人間の位置から

別に、企図したわけではないけれども、去年(二〇〇六年)の秋から冬にかけて、三冊の本が順番に出たんです。タイミングがいいのか悪いのかはわからないけれど、偶然そうなった。

最初に、岩波書店から『玉砕／Gyokusai』が出て、しばらくしたら大月書店から『九・一一と九条』、そして三冊目が新潮社からで、これは小説ですけれども『終らない旅』というのが出た。売り方からいうと下手くそですね。三冊一緒に出すなんて(笑)。でも、しょうがないね。人生というのは、ときどきワッと約束がかたまったりするでしょう。それだと思う。

しかしまあ、三冊並べて自分ながら見ていると共通点がある。だいたいみな大きな本なので、読むのが大変だと思うんです。書くのも大変だったけどね。

そうすると、私の表現でいえば「大きなダンゴの串刺し」みたいになっている。三つがダンゴのように並んで、串刺しになっているような感じです。しかし、この串刺しを眺めていると、やっぱりなかなか面白いと思う。共通しているものがあると思うんです。

このうち二つは小説です。『玉砕／Gyokusai』は、私の小説と、それをラジオドラマ化した作品で、ドナルド・キーンさんの序文や対談、イギリスのティナ・ペプラーさんのエッセイが入っている。けれども基本的には小説です。それから、最後の『終らない旅』も小説です。真ん中は、平和論集として、新しい書き下ろしと、昔から書いたものとを集めたものです。

これを眺めていると、共通したものがある。それは何かというと、小さな人間の位置から、ものを眺めて見ているということです。このことは、いまの世の中で、ひょっとしたら貴重かもしれない、これからの未来にとっても重大なことかもしれない。

そんなことを考えている矢先に、大月書店の中川進さんが、三つの本についてのまとまった講演会をやったらどうかと言い出した。「エエことやないか」と思ってね、それで岩波書店の高村幸治さん、新潮社の富澤祥郎さんに、「そんな話が出てるけど、どうや?」と聞いたら、やるということになった。これは珍しいですね。編集者が作家を通じてつき合いをすることはあるけれど、それぞれ傾向がずいぶん違う三社が共催の講演会をすることになったわけですから。小さな講演会でじっくり語ってほしいというので、引き受けたしだいです。兵庫県西宮から、さっき来たところです。

こういう珍しいことも、いま、貴重ではないかと思います。私の好きな言葉に「一期一会」というのがあります。日本人が大好きな言葉です。「一期一会」。これは、私の英訳では、"One chance, one meeting."(笑)。これは名訳なんですよ。イギリスでずいぶん流行らせた。"One chance, one meeting" これは大事にしたほうがいいだろうと。

ついでに言っておくと、「一期一会」は中国の言葉で、日本人は大好きですね。韓国人は、これじゃなくて、「老少同楽」というのが好きらしい。というのは、私のところへ韓国の文芸雑誌の優秀な人がやってきて、インタビューをしていったんですが、その人の書いたものを読んでいたら、「小田さんのとこへ行ったら、小田さんは『老少同楽』を知っている人だ」と褒めてあった。つまり、老いも若きも一緒に楽しむということです。この言葉は、韓国人が好きらしいですね。「一期一会」は日本人が好きですけど、なんとなく哀しい。「老少同楽」のほうが、愉快でいいと思う。まあ、二つあったほうがいいと思うね。

「一期一会」と「老少同楽」で面白いじゃないかと。三つの社が一人の著者を通じてやるというのは、おそらく初めてじゃないですかね。私も、こんなことは初めてです。編集者も皆、初めて。お聞きになる方も、その初めての講座に参加しておられるわけです。「一期一会」の縁を「老少同楽」でいきたいと思います。

＊

「小さな人間の位置から」という題をつけたんだけれども、実は、「小さな人間」というのが非常に大事になっていると思うのです。それがいちばんよく出てきたのが、このあいだ(二〇〇六年秋)の、アメリカ合衆国の中間選挙です。あれはそうしたものの結果じゃないかと思うんですよ。

アメリカの民主主義と自由については定説がある。どういう定説かというとこうです。つまり、アメリカの政治がおかしな方向へいくと、それを四年ごとの大統領選挙で是正する、よくなるのだと。

定説というか、信仰というか、伝説というか。

そこまでいかないにしても、大統領選挙まではいかないにしても、その間の中間選挙というのはそうとうな軌道修正ができるのだと、一種の伝説あるいは定説として、アメリカ人は信じているし、世界の多くの国で信じていると思います。

それをいちおう実証してみせたのが、去年の秋の中間選挙です。あれで、民主党が勝利を博した。共和党がアウトになり、ブッシュ政権がエライことになったわけです。ブッシュ政権は、いままでのイラク政策を改めなければいかんところへ追い込まれ、現在、オタオタしているでしょう。ラムズフェルドという国防長官がクビになった。ラムズフェルドは、いわゆるネオコンですね。

新保守主義者が、二〇〇〇年頃から盛んに主張してきたのは、二十一世紀をアメリカの世紀にするのだ、アメリカ中心の世界に改編するのだ、ということでした。

そういうことを言い出し、強引に軍備拡張をしていく連中が出てきて、そこへブッシュが出現して、それに同調した。ブッシュは猛烈な勢いでそれをやり出したわけですが、ちょうどそのタイミングで「九・一一」の事態が起こった。そこで、これさいわいとそれに乗っかって、アフガニスタンで戦争をし、イラク戦争をやってのけたということですね。これが成功すれば、世界制覇をする、アメリカの世紀にするのだと、真面目にこんなことを考えているんですね。彼らの本を少し読んでみたけど、皆、ラムズフェルドと同じように考えている。チェイニーという副大統領が日本にやって来ましたけれども、彼もその仲間です。

しかしブッシュの夢も、どうやら今度の選挙で挫折した。面白いと思うのです。ところで、それに投票した人というのは、名もないアメリカ人です。小さな人間ですよ。大きな人間が勝手なことをしているのを許さないということで、やってのけた。その結果としてブッシュ政権はオタオタし、エライことになってしまった。それがいまの世界状況、その中心にいるところのアメリカの状況ですね。これに忠実に付き従っているのは日本だけです。イギリスだって、もうウンザリしてますね。

無名の小さな人間が一票を投じることによって状況を変えた、ということが言えると思いますね。これからどうなるかは、これからの問題ですけれど、少なくともいまの状況のなかで、小さな人間が力をもっているということを示したという意味で、アメリカの民主主義はなかなか素晴らしいし、それを支えている小さな人間の素晴らしさが、出てきたというふうに僕は思います。面白いですね。

こんど下院議長になったのは女性ですね。ナンシー・ペロシ。下院議長の、あの方の名前を私は知らなかったですよ。アメリカ通を称している論客たち、ジャーナリストたちも知らなかったでしょう？　誰一人、彼女の名前を言わなかったですね。それが、突然脚光を浴びることになったわけです。五人の孫と、五人の子どもをもつ女性ですね。あれは、国内的にはちょっとぐらい知られていたでしょうけど、対外的にはまったく無名の女性でした。

下院議長というのは、アメリカ政治の序列からいうと、ナンバー3です。だから大統領になる可能性さえある。アメリカの民主主義が面白いのは、下院は力がなくて、上院が強いんですね。しかし、下院は大統領を弾劾することができる。上院ではなくて、下院がその権限をもっている。下院は、大統領を弾劾してクビにすることができる。かつてニクソンが辞めたでしょう？　あれは、弾劾されそうになったから辞めたんだ。弾劾されたら名折れですから。

そうした権限をもつのが下院で、その下院の議長に彼女が就任する。まったく無名の人です。アメリカ通を自称する人たちが、鼻も引っかけなかった人物ですよ。

そこがアメリカの面白いところだし、日本のアメリカ通がいかに駄目かということも、逆にわかると思います。だから、大きな人間にくっついている人たちをあまり信用しちゃイカンですよ。大きな人間を引っくり返すのは、小さな人間です。

私がこれで想起するのは、一九四五年のイギリスの総選挙です。あれでチャーチルがクビになったでしょ。チャーチルは、鉄血宰相として有名だった。ヒトラーが、そのものすごい独裁ぶりをうらやましがったというのは、有名な話です。チャーチルは勝手なことをする、と。

チャーチルは戦時宰相として、イギリスを勝利に導いた。それは功績があると思うんですよ。しかし、イギリス人は非常に冷然と、「もうこの人は要らん」と判断した。戦時政治には必要だったが、もう戦争には勝つのだから、この人はもうクビにしたほうがいいと。そういう識見をもって、彼らは、保守党をやめて労働党に投票したのでしょう。労働党というのは、そのときまで無名の政党ですよ。その労働党に投票して、保守党をクビにし、チャーチルをクビにした。チャーチルは、それで絶望するんだけど、面白いと思いますよ。

それを私は想起するね、この中間選挙における小さな人間の勝利を見ると。労働党は、このとき総選挙で勝利を博して、平和政治の型をつくったんです。これは、われわれも恩恵を受けているでしょう。われわれがもっているなけなしの社会保障――大したものをもっているわけではないが――のいちばんいいのは国民健康保険ですが、国民健康保険の制度を敢然と作ったのはイギリス労働党ですよ。あのときに保守党が勝利を博していたら、いまだに健康保険はもっていないかもしれない。

あれはアメリカ合州国にはないでしょう？　アメリカ合州国は、依然として国民健康保険のない国です。社会保障も、ものすごく貧しいやつは助けるけれども、ここへ来ている人ような人たちはだいたい助けは受けられないですよ（笑）。それがないと、われわれはエライことになっちゃいます。その恩恵にあずかれたのは、イギリス労働党のおかげですよ。ということは、イギリスの小さな人間のおかげなんです。

小さな人間が、あのときに保守党に投票していたらどうなっていたか。日本人だったら、そういう選択をしたと思うなあ、戦時宰相が好きだから。安倍晋三でも登用するくらいだからね。それをクビにしたというのは、僕はすごいことやと思うね。画期的なことだと思うんですよ。

アメリカの中間選挙での小さな人間の勝利も、イギリスの総選挙におけるイギリスの小さな人間の勝利も、小さな人間が反逆して勝利したものです。世界的にはっきりしていますね。いまだに第三世界の貧しい国には健康保険がないし、社会保障もない。アメリカは世界最大、最強最富の国ですが、貧しい人たちにとってはエライことになるんですね。私はアメリカに住んでいたことがあるけど、大変なことだと思うね。

私は、ちょうどいまから十年ぐらい前、二年間、ニューヨークの大学で先生をしていたんです。あのとき、「国民健康保険をやれ。日本でさえやってるんだ」という発言をあっちこっちでしましたよ(笑)。でも、アメリカは結局それをやらなかったでしょ？　どこかへ消えてしまった。あの頃、大統領はクリントンですけど、クリントンもできなかった。要するに、金儲けの健康保険会社に全部任せている。ものすごい貧乏だったら対策を打つんですよ。しかしちょうど中間のわれわれみたいな人間は、全部、放り出されるわけです。いま、日本も放り出しつつあるけどね。

そういうようなことを考えてみますと、イギリスの小さな人間の勝利、小さな人間の識見は大事だったんです。それに比肩するのは、アメリカの中間選挙におけるアメリカの小さな人間です。

この小さな人間の勝利というものをちょっと真面目に考えてみると、いろんな問題をはらむけれども、すごいことをやっているのだと私は思うんですよ。

チャーチルのことで、もうひとつ、私が思い出すのは、彼が回想録の中に書いていたことですが、「一国の国民全部が正気を失って、狂気に陥るときがある。それは、第二次世界大戦の日本人だ」というのがあったと思います。まさにそうですね。

このあいだまでのアメリカ人がそうでしょう。ブッシュの政策、強引な世界制覇を試みる政策――この政策を試みた人が、かつて一人いました。おわかりでしょうか。アドルフ・ヒトラーです。ヒトラーは、世界の再編を目指して失敗した。ブッシュもヒトラーと同じことをやろうとしたんです。

「九・一一」という事態が起こったら、愛国心を駆り立てて、民主主義も自由もどこかへいってしまい、エライ警察国家みたいなものをつくりあげてきた。それと一緒になって、これから大統領になるかもしれないヒラリー・クリントンまでが、イラク戦争開戦の際に「戦争賛成」とやったんですね。オバマという人は反対だった。ということで彼はいま非常に意気が上がっているけれども、アメリカ全体が狂っちゃったんです。

それで、ブッシュを再選させた。ということは、全アメリカ人が狂っていたということなのです。だから、日本人だけじゃない。全アメリカが狂ったということです。それが正気になった。狂気から覚めてきたと思うんですよ。

ところが、日本人はまだ狂気に駆られてるのかな、という気も実はするのです。狂気から覚めて、正気になってやるということがあると思うんですね。

いま、結局、イラクの状況は泥沼化している。アフガニスタンもそうです。これからどうなるか、わからないでしょう。いかにアメリカが戦力を増強したところで、もうドロ沼だということです。アメリカの政治をやっている連中が、いちばん恐れているのは、ベトナム戦争末期に似てきたということです。ベトナム戦争でアメリカは泥沼にはまり込み、にっちもさっちもいかなくなり、最後は引きあげるということになった。

ベトナム戦争と比較して、「こんなことをやってていいのか、手を引かなイカン、足を抜かなきゃいけない」というところにきた。その第一歩として、正気に戻った小さな人間が投票して、共和党をやっつけたんですね。これは大切なことです。

ただ、違いがひとつあると思う。それは何かというと、ベトナム戦争の場合は、向こうに受け皿があった。ベトナムには、北ベトナムと民族解放戦線という、ちゃんとした政治勢力があった。その連中がいて、パリ会談を延々と九年やりました。アメリカがオタオタし始めたときに、彼らはパリ会談をやり出した。

私は、ベトナムとの付き合いを延々と続けてきたけれども、彼らが偉いのは、十くらいの目標を定めておくんです。それで、これが駄目なら、その次の目標、それが駄目ならさらにその次の目標を目指すというように、一つだけをやるというような単純なことはやらない。そうしたことを延々とやりつづけ、その結果として彼らは勝利を博したのです。アメリカは単純な国だけど、フランスは複雑でしょう。フランスのような複雑な国を、彼ら（＝ベトナムの人たち）は追い出したんです。あれは、よほど考えていないとできないことですよ。

市民運動をやるときにも、いろいろな目標を考えておいて、これが駄目ならその次はという具合に、常に次を考えておかないといけない。そうでないと、すぐに「絶望だ！」となるんですね。そうでないから日本軍は、玉砕したんですよ（笑）。ベトナム戦争におけるテト攻勢のときもそうでしたね。アメリカは北と解放戦線の攻撃を撃退したんですが、しかし、あれでアメリカはオタオタした。それから延々と続くパリ会談に持ち込むことになったでしょう？　延々と、ああでもない、こうでもないとやった。それはやっぱりすごいことだと思うんです。それを『終らない旅』の中に、ずいぶん私は書いています。

要するに、ベトナムというのは五重帳簿、八重帳簿ぐらいの国ですよ。二重帳簿どころじゃない。三重帳簿、四重帳簿と、次から次へと出てくるわけですね。そうでないと、小さな人間は生きていけないと思う。だけど、それをやってのけたんです、小さな国が。しかも、独力でやってのけたでしょ。いまだに、ベトナム戦争はどっちが勝ったかわからない戦争だなんてことを言う人がいるけれど、そんなことを言うのは日本だけですね。アメリカは負けたんですよ。勝手にね。このことははっきりさせておかないといけない。

「どっちが勝ったかわからない戦争だ」などと言う人がいまだにいるというのは不思議ですね。日本だけです。それはやっぱり、戦争をしていないからですよ。アメリカは、完膚なきまでに負けたのです。それは確かです。ベトナム戦争の目的は非常に簡単です。アメリカは出て行ってくれということだった。そしてアメリカはベトナムから出て行かざるをえなくなった。別に、ベトナムは、サンフランシスコを攻撃するなんて言ってない、初めから。「とにかく皆さん方には、カーペットを敷いてあげるから出て行ってください」と言ったわけです。

フランスもそうですね。ベトナム戦争は、フランス戦争と、アメリカ戦争の二つに分かれるんです。ベトナム側がディエンビエンフーで大勝利を収め、フランスがベトナムから出て行った。私は、ディエンビエンフーの英雄ボー・グエン・ジャップと会ったのですが、彼も、やっぱりいろいろなことを考える人でした。軍人じゃなくて、彼は数学の教師だったのです。彼らはフランスを追い出して、フランスに勝った。フランスは負けたんですよ。その次に、「アメリカは出て行ってください」と言って追い出した。勝ったじゃないですか。

ところが、いまだに日本では「勝ち負けのわからない戦争だ」ということを言う人がいる。不思議ですねえ。常識はずれですよ。

しかしベトナムは勝ったけれども、これが惨勝《ざんしょう》なんですね。惨敗という言葉があるけれども、惨勝です。第二次世界大戦が終わったときに、日本は負けたのです。これは惨敗です。では、中国は完全に勝利したかというと、惨勝したのです。これは、蔣介石が言い出したものです。惨憺たる目にあって、やっとこさ勝った。ベトナムも惨勝したんです。これを忘れてはいけない。

これは非常に簡単です。要するに、アメリカの戦死者の数は五万八千人です。ワシントンへ行ったらお墓があります。行かれたらいいと思う。名前を全部刻み込んであります。それに対してベトナム側の死者は、おそらく二百万人から三百万人にのぼるでしょう。民間人もたくさん死んでいます。だから、これは惨勝なのです。アメリカはそう傷ついていないですよ。しかし、負けた。完全に追い出されたのだから。このことをはっきりさせておく必要がある。

ベトナムは、その惨勝を引きずらざるを得ないところで勝った。だから、われわれの戦争観というのは間違っているのです。日本が惨敗して、蔣介石は惨勝したのです。だから、エライことになるのです。

われわれは、この冷厳な事実を認識する必要があります。しかし、彼らは惨勝して、そのあともエライ目に遭っている。その後をどういうふうに収拾するか。それに三十年かかっていますよ。私は、いまもベトナムとの付き合いをしているけれども、その印象からいうと、三十年かかって、おそらく、今いちばんいい、前途に未来のある国になりましたね。三十年かかって、やっとここまで来た。普通の国になったのです。

アメリカは追い出されたけれども、別に惨敗しているわけではない。そこのところをはっきりさせておく必要があると思う。

話を戻しますと、アメリカは、出て行かざるを得ないところへ追い込まれたから負けたのです。若い人まで含めて、「ベトナムとアメリカ、どっちが勝ったかわかりません」というような呑気なことを言っているけれども、アメリカは負けたのです。負けて、ほうほうの体で出て行ったのです。そのことについて私は、『終らない旅』で、現在の情勢も含めて延々と書いています。こんなことを書いている小説なんか、他にないと思いますよ。

ベトナムは、勝ったことは勝ったけれども、ひどい目にあわされて、三十年かかって、やっとこさ普通の国になった。革命というのはみな、そうなのです。支配階級がいてガーッといくでしょう？それに対して、貧しいほうが攻めあげてワーッといくでしょう。そうやっているうちに双方ともへトヘトですよ。どっちが先にヘトヘトになるかの話です。そうするうちに、支配している側、あるいは植民地を支配しているほうが、ワッとつぶれて、革命側が勝つ。しかし、勝っても大変ですよ。乞食だらけですよ。

よく、「ベトナムが解放されて乞食だらけです」と言われるが、「何をぬかしてるか」と。ソビエトが革命したあともそうでした。乞食だらけ。それを日本の新聞記者なんかが書いてるんです、「乞食ばかりで、あれが社会主義か」と。そりゃそうだ、やっとこさ勝ったんだもの。ベトナムもそうです。やっとこさ勝った。惨勝したんだから。乞食だらけですよ。

でも、いまのベトナムからは完全になくなったでしょう？　これはすごいことですよ。それだけ苦心惨憺してやってきたわけだ。そういう深いところまでちゃんと見ないと。テレビに出てくる人たちは、そうしたことは言わない。現象だけ捉えてしゃべる。

しかしともかく、そうやってベトナムは惨勝した。そしてそういう惨めなもの、あらゆる悲惨、泥沼を引き受けたのです。それでアメリカは助かった。ベトナムが、アメリカを救った。これは、忘れてはいけないことです。アメリカ側がエライことになるのを救ってくれたわけだ。ベトナムの勢力が、ムチャクチャな泥沼を引き受けて、三十年かかってやっとこさ普通の土地にしたのです。これは見ていて大変なことですよ。私は、そのことをたくさん書いてきました。

皆、そのときのことばかり書いて、そのあとのことを考えない。私は、ベトナム以後、そういう本をたくさん書いてきました。ワーッとやるときだけ書く、というのでは駄目です。そのあとどうなるかということが非常に大事です。そうしたこと、小さな人間の運命としてどうなるかを見なければいけません。

ところがいま、イラクやアフガニスタンに、はたして泥沼を引き受ける相手がいるか。いないでしょう。泥沼のままです。子どもがかき回したあとを、そのまま放ったらかしにしたような状態です。ちゃんと後片付けをしてくれる人が誰もいない。放り出されつつある。

これといちばん似ているのは、ソビエトによるアフガニスタンへの武力介入でしょう。ソビエトはアフガニスタンに社会主義政権、インチキの傀儡政権をでっちあげた。しかしそれから大騒ぎになり、結局、ソビエト自体がエライことになってしまって、ほうほうの体で逃げ出したのです。オサマ・ビン・ラディンというのは、あのときにアメリカが育成した人物ですよ。メチャクチャな話なんだ。

ソビエトはほうほうの体で逃げ出したのだけれども、あれはソビエトにとってものすごく大きな傷痕になったでしょう。彼らの国自体がおかしくなっていった。それで結局、ソビエトという社会主義大帝国が終わった。社会主義大帝国として君臨していたソビエトがアウトになってしまった。あれはアフガニスタンのおかげですよ。

彼らは、アフガニスタンという泥沼から逃げだしたけれども、泥沼が自分のところへはね返ってきて、ソビエト自身がガタガタになった。そうした状況のなかで、結局、社会主義大国が崩壊し、そして冷戦構造が終わることになったわけです。いま、プーチンの国は情けない、何かわけのわからない国になったでしょ。資本主義の小国みたいになった。崩壊しちゃったんですよ。

私は、アメリカのこれからの道を考えるとき、よく似ているのではないかと思いますね。はっきりしていることは、大きな人間は頼りにならないということです。私は、これから民主党が出てきて、おそらくヒラリーが大統領で、副大統領にオバマ氏がなれば、いちばんまるく収まると思いますが、はたしてそれで解決できるか。もっと大きな泥沼、そうした問題が出てきていると思うんですよ。

実際、われわれの国もそうですし、プーチンの国もそうですが、どうしていいかわからなくなっているわけです。ヨーロッパを見ていても、大きな国の大きな人間がいなくなってしまった。皆、ゴタゴタになってしまった。いま、そうしたゴタゴタの状況のなかに、われわれはいると思うんです。

そうしたなかで、日本の小さな人間、アメリカの小さな人間はどうするのかという問題が出てきていると思うのです。いままでは、大きな人間がいて、大きな国が解決してくれた。大きな国の大きな人間には解決ができるのだというので、アメリカにすがっていたわけです。ところがそのアメリカがアウトになってしまったでしょう？　それを引っくり返したのは、小さな人間たちです。

アメリカ合州国というのは、小さな人間がつくり出した超大国です。これは非常に大事なことだと思いますね。小さな人間が反逆するとき――超大国をつぶすのはいいと思うけれども――今度は、小さな人間がどうするのかということが問われる。

＊

これといちばん似ている国はどこかといえば、歴史のなかで見ると、古代ギリシアです。ローマは似ていない。古代ローマはぜんぜん違うんです。独裁国家です。ギリシアは違います。スパルタは別ですが、古代のアテナイというのはデモクラシーの本場です。そこと似ていると思う。

皆さん、ギリシア・ローマと二つをくっつけて考えるけれども、ぜんぜん違います。「ギリシア・

ローマ」なんて一括するのは間違い。これは非常に大事な問題です。

デモクラシーというのは、われわれは皆、もっているわけです。アメリカはもちろんそうだし、全世界がデモクラシー、デモクラシーといってるでしょう？　デモクラシーに反対する国はどこもない。デモクラシー(democracy)という言葉は本来、ギリシア語です。デモス(demos)とクラトス(kratos)という言葉で、デモスは民衆、人々、いわば小さな人間です。それからクラトスは力です。「民衆の力」というのがデモクラシーなのです。

デモクラシーのことを、ベトナムの反戦運動が盛んなころに、アメリカではよく「ピープルズ・パワー(people's power)」といいましたが、まさに正訳です。人民の力というのが、いちばんふさわしい訳です。これを実現するために選挙もある、デモ行進もある、市民集会もある。その一環として選挙があるにすぎないのに、日本では、デモクラシー＝選挙です。日本にあるのは選挙主義でしょう。すぐに選挙だ、選挙だ、一票だ、一票だという。

私はそういうことではないと思う。古代アテナイでは、選挙はほとんどやっていません。選挙をやり出したのはローマです。そしてそのローマから独裁が始まったのです。

ローマ時代が好きな人はたくさんいる。古代ローマ史というのを、皆読むけど、カエサルがどうしたこうしたという、どうでもエエ話よね。小さな人間と関係のない話ばかり。でもそれを、この国の人は皆は好きなんだなぁ。それに対して、ギリシア時代のことは誰も論じない。小さな国の人間のことをいっているのは、ギリシアですよ。デモスとクラトスの国、アテナイです。このことを考えてみる必要があると思うんです。

デモスの重要性を最初に言い出して実現したのはアテナイで、それがデモクラシーの始まりです。アテナイでやっていることは、全員参加の市民集会。これが最高議決機関です。もし、アテナイへ行かれたら、アクロポリスばかり行かないで、その近くにプニクスの丘というのがありますから、ぜひそこへ行ってください。この頃は、展示場があるけれども、単なる丘です。そこで市民集会が行われて、全部そこで決めていたのです。ペリクレス(Periklēs)の大演説も、皆そこでやっていたんですよ。椅子もなければ何もない、ただの原っぱです。岩があって、そこに腰掛けてペリクレスはしゃべったんですね。

官吏はいない。役人がいない国で、全部、(一般市民の)回り持ちのお触れ役です。だから、全員参加、回り持ち、くじ引きの三つです。これが、民主主義の基礎なのです。そこで、お触れ役になった人がいて、その人が、皆が集まってくると、「何かためになることを言ってくれる人いませんか」という。すると、人々が勝手に立ち上がってワーッとしゃべるわけですよ。それが始まりで、それに時間の制限があるわけではない。皆、うんざりすれば聞かなくなるでしょう。民主主義というのがそこから始まったというのは、非常に大事なことです。

「言論の自由」という言葉があるでしょう。全世界を含めて「言論の自由を守る」とか、そういうことを言う。だけどその観念は、古代アテナイの人にはない。「言論の自由」は「行使する」ものなのです。王様に対して守るのではない。王様はいないんだもの。皆、小さな人間の集まりです。だから「行使する」という観念なんです。言論の自由をアテナイの言葉でいうと、イセゴリア。どういう意味かというと、イソスという言葉があるのですが、平等・対等ということです。イソノミヤ、法における平等というのはこれです。法における平等がなかったら、意味ないでしょう。ノモスというのが法です。このイソというのが非常に大事なのです。皆が、対等・平等にやるということです。

そのイセゴリアはアゴレウオということからきた。アゴレウオとは何かというと、「アゴラへ行ってしゃべる」ということです。アゴラって広場ですね。パルテノンへ行かれたら、アクロポリスの横にアゴラがありますよ。ぜひ、そうやって民主主義を生きたかたちで見てください。観光案内じゃないけれど。

アゴラは買い物をする市場でもあります。それから公の場所でもあります。それからいろいろなことを会議する場所でもある。そこでソクラテスみたいな人が、わけのわからん演説を勝手にやっている。そこがアゴラなのです。アゴラというのは、公開の場所なのです。公開の場所へ行ってしゃべる、というのが大事なのです。対等・平等に、公開の場所へ行ってしゃべる――それがイセゴリアの権利です。権利というより、それを行使することをイセゴリアというんです。

「言論の自由」というのは、アゴラという公の場へ行って、自由に平等にしゃべるということです。ヒソヒソ声でいうのは、ローマにありますよ。ローマで演説したら、クビでしょう。殺されてしまう。ローマとギリシアは違う。これを一緒くたに考えるからろくでもないことになる。

これを行使する、イセゴリアとはそういう意味なのです。「言論の自由」を守るという意味ではない。しかも、「言論の自由」と二語でしょう。英語は、“freedom of speech”となって二語でしょう？これは一語だもの。一語であって、ラテン語は違いますよ。これは、やっぱりすごい。自由に平等にしゃべるわけで、非常に大事なことなんですよ。で、そのときに大事なのは、わけのわからんことをしゃべったら、皆、聞かない。だからわけのわかることをしゃべる。わけのわかることをちゃんとしゃべる。「しゃべる」というのはレゲインといいます。

わけのわかることをちゃんとしゃべる――これが大事なことで、そこからロゴスという言葉が出てくるのです。哲学用語ではありません。もとは「しゃべる」ということなのです。わけのわかることをしゃべる、それが理性なのです。皆さんは逆に考えるから駄目なんです。ロゴスというと、哲学用語だと。誰が書いたか知らんけど、レゲイン、しゃべるということから出発するんです。わけのわからんことをしゃべったら駄目でしょう？　だからロゴスが出てくる。ロゴスから出発するのではなく、レゲインから出発する。反対から考えるんです。ほんとうに日本の大学教育はなってないと思う。

ロゴスをちゃんとやるためには、レゲインがいります。説得することが大事なのです。説得するというのを、ペイトウといいます。説得の女神ペイトウがいる。ギリシャ民主主義の根本は説得です。説得するためには技術が要るでしょう。それがレトリケーなのです。

日本人はすぐに「あれはレトリックにすぎない」と言いますが、レトリケーは大事です。レトリケーという、偉大な学問がそこに出てくるわけです。それでアリストテレスが『レトリケー(弁論術)』という本を書いてるでしょう。こういう集会での演説、それから法廷弁論、そういうものに必要な技術は何かと。いいことを言っても、ちゃんとしゃべらないと駄目でしょう？　それが、レトリケーなのです。

日本には、そういう観念がないでしょう。哲学は二つの面をもっています。一つは、ソクラテスみたいな行動哲学、それからもう一つが分析哲学です。日本は、西洋哲学を明治になって入れるけれども、アリストテレスがやっているようなメタ・フィジカルを入れたのであって、レトリケーのほうは必要ないとして入れなかった。いまだに、西洋の学問ではレトリケーは非常に大事ですが、日本では「レトリックにすぎない」と言う人がいるでしょう。フランスの大学の試験なんて、レトリケーですよ。

レトリケーというのは、民主主義と関係するんです。民主主義というのは、しゃべることによって成立する。言っておくけど、これはローマにはありません。ローマとギリシアを混同しないでください。しゃべることによって成立する。そこで民主主義の選挙と関係するのです。ローマには民主主義はありませんからね。ただ選挙をしていただけ。日本と同じです(笑)。だれが議会の演説を聞いていますか。あれ、バカみたいでしょう？　紙を読んでるだけじゃないですか。あれは、それだけでも落第ですよ。

そういうものとしてあるから、民主主義がなくなったら要らんわけよ。アテナイの民主主義は、外国の侵略によって終わるわけですが、それが終わって中世に入ると、形だけ残る。そうすると、僧院の独占物になる。坊主は、あんなわかりきったこと、神様が決めたわけでもないことを、勝手に決めたような顔をしてしゃべる。あんなことをやっていたらバカになる。技術だけが発達する。坊主たちの議論を聞いていると、アホみたいなことをしゃべってるわけや、皆。

そうなってくると衰退するでしょう？　民主主義がなくなってくると衰退するんです。大学のレトリケーの学問は、形骸化しながらもいまだに存在している。日本は、西洋哲学を入れるときに、レトリケーを入れなかった。分析哲学とかのヤヤコシイやつは入れたわけよ。形而上学とか、大好きやから。インテリは何もしないから、頭《おつむ》の中まで知的な遊びをしてるからね。その連中が喜びそうなものだけ入れたから、普通、西洋の大学には哲学科とレトリケー科があるのですが、レトリケーを省いたわけです。

うまいですよ、明治の人たちは。レトリケーを入れたら、ヤヤコシイでしょ。民主主義になっちゃうもの（笑）。日本は天皇制近代国家であって、民主国家じゃなかった。特異な国なんですよ。普通、近代国家には民主主義がついてるのだけれど、これを省いて天皇制近代国家をつくった。これを忘れてはいけないです。だからローマが好きなんだよ（笑）。いまだに大好きじゃない？

それで、分析哲学、形而上学だけはメチャクチャに発達した。マルクス主義までが訓詁学でしょう。マルクス主義みたいな訓詁学がいちばん発達したのは、日本です。何も実践しなくて、おつむだけで考える。

私は、アテネの国立大学で講演をしたことがあるんです。ギリシアのアテネ国立大学から頼まれて、ギリシア哲学の日本についての事情をしゃべってくれというから、私はしゃべった。そしたらあとで感激した哲学の教授——わりに有名な人らしいけど——がやってきて、言ってましたよ。「わかりました、あなたの話で。日本へ行ったら皆、カントやヘーゲルの話ばかりしていました」と。カント、ヘーゲル。日本人は大好きでしょう。そっちのほうは発達したけれども、レトリケーなどは全部捨てた。それがいままで続いていて、いまでも「あれはレトリックにすぎない」と言うじゃないですか。読みもしないやつがいるんですよ。

そうではなくて、レゲインという言葉があって、しゃべることが大事なんです。ソクラテスは市場へ行って、しゃべって哲学を形成したと、よく言われるでしょう。プラトンは駄目ですよ。形而上学だから。アホみたいな国家論みたいなものを書く。アリストテレスは、さすがにそういうことを書いてない。

そういうふうに、とにかくイセゴリアがあったんです。これは、研究してみる価値がありますよ。ギリシアというのは、いろいろなものの根源なのです。あの時代において、デモス・クラトスというのを考え出すということは、ギリシアしかやっていないんだから。それも、長い過程を経て考え出したものです。ほかの国には、この考え方は一切ない。

どういうことかというと、アリストクラシー（貴族主義）というでしょう？　アリストスということばは、ギリシア語でbestを意味するものですが、天啓として天から授けられたアリストス（優れた人）の政治、これがアリストクラシーなのです。延々と、それに疑問をもたないでやってきたわけです。ところが、そんなふうにやってきたけれども、だんだん知力が発達してくると、「これはおかしいじゃないか」ということを考える人たちが出てきた。当然の話です。

そこにソロンという改革者が出てきて、デモス・クラトスの「デモスというものが大事なのだ」ということを言い出したのです。その考え方を実行して、実践して、民主主義の制度をつくりあげたのがギリシアです。それの形骸化したものを受け取っているのが現在なのです。だから、選挙、選挙になってしまった。皆、勉強もしないで、そんなことを言ってるわけです。根源的に考えると、なかなか難しいですよ。

デモスというものをどう考えたらいいか。小さな人間がデモスです。小さな人間が素晴らしい力を発揮してデモクラシーをやってのけたのが、アメリカの中間選挙。それから一九四五年のイギリスの総選挙です。日本は、あまりデモスがしっかりしていないですね。そういうことを前置きでしゃべりました。

＊

デモスというものの運命が如実に書かれているという意味で、古代のギリシア文学は面白いですね。世界文学のなかで古いものとしてあるのは、ホメーロス(Homēros)の『イーリアス(Ilias)』『オデュッセイア(Odysseus)』の二つでしょう。

ホメーロスの『イーリアス』、これを私はいま翻訳をしています。なかなかできないで難儀していますが、子どものときにこれを読んで痛切に感じたことがあるんです。大阪空襲で私は死にかけるめに遭っているわけでね。

要するに、勝手に一方的に復讐して、死ぬのは皆、民衆なんです。『イーリアス』を読みますと、冒頭にその話が出てくる。どういうかたちで出てくるかといいますと、トロイ戦争というのは、先ほど言ったアリストスの連中が勝手にやった戦争なのです。いろいろな国が王様をつくっている。あれは、連合軍なのです。ミケーネのアガメムノンというのが総大将で、その弟のメネラオスというのがいて、そのお妃を、トロイから来たプレイボーイがパクっていったんですね。女を持っていかれたので、連合軍を形成して取り返しにいくという荒唐無稽な話なんだけれども、ある程度の真実はある。

そのときの各領主、王様——バシレウスといいます——連中が連合軍を形成して行くんだけれども、大将だけが行っても駄目で、兵隊を駆り出さなければいけない。この兵隊がデモスなのです。デモスがないと戦争ができない。しかしこれには、正義の戦争もヘチマもない。女たらしが、パクッていった女を奪い返すという話ですから、連合軍を形成するときに何で釣ったかというと、簡単にいえば、「おまえらも皆、略奪できるよ」ということです。バシレウスが、デモスに「おまえもパクれるぞ」と言うわけです。

皆、略奪戦争に行くわけだ。目的は財宝と女です。ワーッと行くでしょう？　そうした話であって、正義の戦争もヘチマもない。そこに英雄の勇ましい話はあっても、全体は略奪戦争です。で、一方のトロイのほうも略奪したばかりで、こっちもインチキな連合軍。こっちはＮＡＴＯみたいなもんです(笑)。まったく同じですよ。アメリカが中心でワーッとやるでしょ。

それに神様をくっつけて、アポロがどうしたこうしたという話をするでしょう？　あれはまた、インチキな神様ばっかりでしょう？　ゼウス自体が、メチャクチャ女たらしのオッサンやしね。キリスト教の神さんみたいに、神々しいやつは一人もいないやないか。皆、女たらしで、メチャクチャしてるやつばっかり？　人間世界のメチャクチャと、天上世界のメチャクチャと一緒になって、こうやるわけよ。正義の戦争なんてない。これはすごい物語だと思ってください。アキレウスがどうしたこうしたというちっぽけな話や。それは、略奪戦争のなかの話だよ。大きな戦争としては、略奪戦争の極致よ。

しかもギリシアのすごいのは、木馬か何かでインチキなことをやって、とにかく勝つでしょう？　勝って、アガメムノンが総大将で帰ってくる。トロイの王様を皆、奴隷にして、女は奴隷にするなり、妾にするなりするでしょう。結局、その話よね。それがあまりひどいというので、『トロイアの女』を書いたのがエウリピデス(Euripidēs)です。アテナイのほうのメロスの島——ミロのヴィーナスの出るメロスです——で大虐殺をする。メチャクチャな話で、民主主義の名前のもとに、ワーッと虐殺するわけです。メロスの虐殺を思いながら『トロイアの女』を書いたのがエウリピデスです。

それでギリシア軍が勝つ。そしてアガメムノンが意気揚々と、トロイの王女の一人、カッサンドラを引き連れて帰ってくる。カッサンドラは預言者だよ。歓迎してくれると思いきや、あにはからんや、クリュタイメーストラというオバハン、アガメムノンのお妃がなんとかいう従兄弟と不倫しているでしょう。それでアガメムノンをぶっ殺すじゃない。これは面白い話ですね。正義はどこにもないということを、延々と書いてるわけだ。

ろくでもないね。これはすごい、冷然たる事実ですね。正義の戦争などないということを書いているわけですよ。しかも、ぶっ殺す話を冷然と書いてるでしょう。ぶっ殺してかまわないというようなことが、前提としてあります。

「ギリシア悲劇」というのが、何か神様の話だというのは大間違い。日本は皆、そういうところを見ないで、英雄が出てきたというようなアホウな話ばかり読むでしょう。神話の話ばかりする。おかしな話よ。なんで、日本人はそうなっちゃうのかねぇ。

とにかく、そういう戦争のなかでやってきたことを書いていくわけですが、『イーリアス』の冒頭に出てくるのは、アキレウスという有名なオッサンね――アキレウスが英雄だとか、悲しいとか、嬉しいとか、そういうくだらん話はどうでもいい――彼がパクってきた女を、アガメムノンが、簡単にいうと「これはきれいだからよこせ」と言ったわけだ。略奪してきた女の取り合いをするわけじゃないですか。それで結局、力に任せてこれをもっていく。そのパクってきた女のお父さんが神官、アポロンの庭の神官なのだけれど、彼は怒っても力がないからいう事をきかざるを得ない。アキレウスがパクっていったので、それ自体を怒っているのに、今度はアガメムノンが横取りする。それで、神官は「返してくれ」と言ったわけだ。ところが、けんもほろろに「出て行け！」と言われてしまう。

それで彼はどうしたかというと、アポロンに祈った。けしからんといって。それでアポロンのオッサンが天国から降りてきて、ギリシア軍に向って矢をパーッと放つ。アガメムノンに当たればいいのに、アガメムノンには当たらないで、誰に当たったかというと、馬とか、ラバとか、そして、兵隊に当たったのです。つまり、デモスが殺される。

私は、それを読んでショックを受けたね。私はデモスやないですか。何の関係もないのに殺されるわけや。うかうか戦争にくっついていって、殺される側に回るわけや。しかし、アガメムノンは無傷でしょう。日本の天皇と同じで、無傷ですよ。あれと同じや。ああいうものは、だいたい同じような性質をもっている。変わらんよ、人間は。支配者って、皆、そういうものよ。大きな人間は、殺さないんだもの。小さな人間は皆、殺される。そこから、いろいろ話が始まるでしょう？　そこを読んでほしい。

デモスというのが、いかに悲しい運命かわかるじゃない。私は子どものときにそれを痛切に感じた。私はデモスや。誰がアキレウスや、誰がアガメムノンやと。アホウな先生が何をぬかしているか、ということになる。自分たちが、大きな人間の顔をしたらアカンのよ。紫式部の『源氏物語』で、牛車を引っ張っている男が私よ。あなた方なんだ（笑）。そういうふうに見なきゃいけない。私らは、そこらのオバハン、オッサンやないか。文学なんていうのは、そういう目で見るべきなんだよ。それを、一緒になって大きな人間の顔をするからろくでもないことになる。

そうすると、そうやって殺される側に回るじゃないですか、デモスというのは。使われて、略奪するぞと担がれて、ワーッと行って、結局殺される。それがデモスなんですよ。

『イーリアス』を読んでいると、奸智に長けたアガメムノン――こいつは最後に殺されるわけですが、いいきみだよね。殺されたらいい(笑)。でしょ？　生きてる必要ないじゃない？　嘘八百ついて。とにかく、そういう連中がやっている戦のなかで、アガメムノンは夢のお告げをもらって、「もっと戦争に勝つぞ」と言われたりする。神様もいい加減やからね。神様は、あっちへいったり、こっちへきたりしてるんだ。それで、アガメムノンが、戦争が終わるからいっぺん帰ろうじゃないかと言うてみたらどうやと。それで皆がワーッと言ったときに、逆に戦意が高揚するとか、裏切り者がわかるとかいう、変なことを考えるんだね。大将たちは。それで、集会を開くわけや。

あの国の面白いところは、集会をいつも開いてるんですよ。日本では、集会なんか開かないけれども、大衆集会を開くのはギリシアの伝統でね。面白いね。そうすると、そこに反逆するやつが出てくるわけ。なんという名前だったか忘れたけれども、反逆する男が出てきて、「おまえら、インチキや！」と言うのよ。それが、いかにも醜い男として書かれてるわけよ。ホメーロスは、それを醜い男として書いている。むくつけき男が、「こんな王様インチキや！」ということを、平気で言うんだ。

そこへ、オデュッセウスというインチキなオッサン――あれは、こすい男やろ？(笑)　読んでごらんなさい。悪いやっちゃ。悪いやつの典型なのに、あれが好きな人がいてねぇ。バカだね。「オデュッセウスの悲しい運命」？――何をぬかしてんねン。栄耀栄華のオッサンやがな。

オデュッセウスが出てきて、これは、ワーッとはやしたてるやつね。で、そいつを鞭で打つのよ。そうすると、ほんとうはそっちと同じデモスの側に立つやつが、拍手喝采して、この醜いやつを笑う。悲しいことでしょう？　要するに、「反戦や！」というと、「おまえアホか！」というのがよけいに出てくるやろ？　現代社会とまったく同じよ。でも、それはローマ時代とは違う。ローマ時代は、ギャーッといったらお終いやろ？　これは、大衆集会を開いてやってるんだよ。現代社会と一緒でしょう。小さな人間の発言を、いちおう許すわけ。しかし、それを今度は打ちのめすわけだ。打ちのめして、全員がそいつを笑う。それを冷然と書いてますよ。

ホメーロスの時代は、いろいろ年代の測り方があってはっきりわからないけど、紀元前八〜十世紀ですね。そして、トロイ戦争というのは、おそらくその四百〜五百年前です。だけど、ホメーロスが書いている世界の倫理とか論理というのは、おそらく紀元前八〜十世紀です。紀元前八〜十世紀に、類推して彼は書いているわけです。ですから、そのときの社会の空気、社会の倫理とか論理の空気を反映しているのです。そうすると、デモスというのは、そのときにはもう「反抗したらいかんのである」、要するに「バカである」と。デモスがデモスを笑うわけですが、そういうことがあったと思いますね。

＊

それが紀元前五世紀になると、それはデモクラシーだということで、そういうことがなくなるでしょう。紀元前八世紀から、紀元前五世紀までの三百年か四百年のあいだに、デモスの力が変わっていったわけです。紀元前八世紀においては、デモスの力は認められなかった。紀元前五世紀には認められて、デモクラシーができあがる。これはすごいことですね。

アテナイはスパルタとペロポネソス戦争というのを延々とやるのですが、結局、アテナイはスパルタに負けます。アテナイは海軍国で、スパルタは陸軍国。デモクラシーのない国です。ペリクレスが、有名な戦死者の追悼演説で威張っています。「われわれは、生活を楽しんで勝っているのだ。スパルタのようなメチャクチャな軍国主義ではなく、われわれは生活を享受しながら勝っているのだ」と威張っているけれども、まあいいことを言ってますよね。それを、さっきのプニクスの丘でやったんです。

しかし、それからアテナイは衰退していく。デモス・クラトスの時代がずっと続いていくと、だんだん駄目になっていくんですね。そのときに、デマゴーグみたいなやつが出てくる。アルキビアデス(Alkibiadês)というソクラテスの弟子です。ソクラテスのお稚児さんですよ。プラトンが書いた、アルキビアデスって対話篇がありますよ。

アルキビアデスは、ペリクレスの甥。大金持ちの息子です。好き勝手なことをして、しかしニコッとすると皆が参ってしまうような男や女がいるじゃない?(笑) そいつや。ソクラテスも、そいつに参ってるんや。だから、しょうもないオッサンやと思うね。ソクラテスも。まあ、いいけど。

そういうのが出てきて、演説をする。何かというと、スパルタを背後から支持している国がある。シケリア——シシリア島——です。シケリア王国というのが、背後から支援しているから、スパルタをやっつけるために、それをやっつけろと言うんだ。そうすると、皆がワーッとなってやっつけようということになる。アルキビアデスは逃げようと思っていたら、「あんたが将軍になれ」と言われる。

逆に、責任を負わされることになる。それを避けるためかどうか知らないけれども、アルキビアデスはアテナイで暴れまわって、ヘルメスの神殿をぶっ壊したりする。それをしたら死罪に値する。

それで彼はどうしたかというと、これは偉大な男やと思うよ。スパルタへ逃げて行ったんだ（笑）。エライやっちゃと思うねえ。ギリシア人はすごい。個人の権利というのがすごい。アテナイが負けてから、ヒョコヒョコ帰ってくるんだ。

「おまえ、なんで逃げて行ったんや」と言われて、「自分が国家を愛するように、国家は自分を愛さないかん」と答えている。国家と俺は平等なんやと。国家が俺を死罪にしようとするんなら、そんな国家は捨てていいんだというわけです。これはものすごい論理ですよ。われわれは学ぶべきですね。

＊

これはものすごく大事なことでしょう。われわれはすぐ、国家、国家と優先するけれども、市民を殺す国家なんて捨てていい、向こうへ寝返ってかまわへんとアルキビアデスはいうわけです。私はそうやって国家と市民は平等だと思って生きているけど、皆さんも、そうやって生きてくださいよ。市民と対等でない国家みたいなもんは、どうだっていい。その、自由な精神が大事なんです。この自由が、ギリシア民主主義の基《もと》なんだ。アメリカの民主主義もそうですよ。

そういう国家のあり方を書いたのは、有島武郎だけです。『或る女』がそうです。この小説の主人公、あの葉子の相手になるオッサン――日本郵船かなんとか郵船の事務長をしたムチャクチャなオッサン――はクビになったあと何で食っているかというと、海図を売ってるんだ。国禁の書を売って平然としてる。それを平然と書いたのは、有島だけですよ。

普通は、国家を否定するためには、別の国家をもってくる。社会主義国家とか。あいつはないのよ。私利私欲よ。「それでもって何が悪いか」と。国家は私利私欲で動いているんだから、自分も私利私欲で動いていていい。これは、アメリカ民主主義の根本であり、アテナイ民主主義の根本なんだ。これを忘れてはいけないですよ。

それでどうするかというのが、われわれに問われているわけです。そのときに倫理をどう形成するか。国家の倫理みたいなやつは否定したってかまわない。国家は国家で、自分たちの勝手な都合でわれわれに「死ね」と言うでしょう？　それなら逃げてもいいけどと、当然そこまでくるわけだ。アメリカ民主主義のいいとこは、そこなんだ。悪いところも、いいところも、全部そこにある。そこまで突き詰めて考えていただきたいと思います。

ちょっと話が飛んだけど、それを最初に書いたのが有島武郎。その次が私（笑）。有島が国家を担がなかったように、私もそれに賭けて書いているんだからね。

こんな有島武郎論、聞いたことないでしょう。まあ、大学の先生の話からはとうてい考えられない文学論ですよ。

私は、ベトナム戦争のときにいろんなやつと知り合ったけど、デイブ・デリンジャーという有名な反戦活動家――もう死んだけどね――としゃべっていて、アメリカの民主主義は何や、自由は何やという話になって、ペンタゴンの人員、何人働いているかは秘密だけど、それを調べたやつがいる。アイスクリーム屋よ。自分のアイスクリームを売りつけたいから、全部推定だけど、確実に推定したわけ。これが、アメリカの民主主義の根本や。私は、そう思うね。私利私欲でいい。「国家は国家の私利私欲じゃないか。俺は俺の私利私欲」で、闘うのよ。それがないと、小さな人間は駄目ですよ。すぐに国家にやられてしまう。

＊

「国家は国家の私利私欲。俺は俺の私利私欲」。アルキビアデスはそれを実践して逃げていった。そのおかげで、アテナイはシケリアへ遠征して大敗北をし、それで海軍力がガタガタになってしまった。スパルタは陸軍で攻めて来るのだけれども、アテネは城壁をつくり、その回廊を守って、スパルタが攻めてきたら、あそこにピライエスという港があるのですが、アテナイの海軍力でスパルタをやっつける。スパルタは慌てて逃げ帰る。こういうことをくり返していたわけです。

ところが、海軍力がアウトになってしまった。壊滅してしまい、それでスパルタが勝ってしまった。スパルタの占領軍がやってきて、アテナイを占領するのです。アテナイのいちばん中心のアクロポリスに、スパルタ軍の司令部を置いた。

同じことをやりますね、ナチス・ドイツがギリシアへ来て占領したときも、アクロポリスを司令部にした。そしてハーケンクロイツの旗をアクロポリスに掲げたのです。皆、憤激するやろ？　ギリシア・レジスタンスの連中が怒ったわけや。

スパルタ軍の将軍はリュサンドロス(Lysandros)というのですが、アテナイに傀儡政権をつくった。三十人政権と称する独裁政権です。そうすると、外へ脱出する連中がいる。民主主義者が逃げていくわけですね。そして、その連中が武力闘争を延々とやって、三十人政権を打倒するんです。リュサンドロスも、あまりやりすぎたおかげで、スパルタの中でもめてクビになります。

三十人政権が崩壊して、ギリシア民主主義が復活するのですが、そこで何が起こったかわかりますか。ソクラテスの裁判です。『ソクラテスの弁明』だけを読んでも駄目よ。背景を全部知ってほしいです。

あそこは民衆が徹底していますから、専門家がいないでしょう? 専門職がいないから、原告も、被告も、裁判官も、全部市民です。アリストテレスの、「人間はすべてポリス的動物である」というのは、そういうことのありようをいっているんですよ。

ポリスは市民国家と訳すのであって、都市国家とは違う。それは、都市の政治的概念でしょう。構成の仕方を読んでいないと思う。構成の仕方は、市民国家ですよ。市民はポリス。「ポリスの生きている人間として行動する」というのが、アリストテレスの国家学なのです。だから、一般的に政治のことをいったんじゃないですよ、アリストテレスはね。それを、「政治的動物」と訳してしまうから、ろくでもないわけ。「ポリス的人間である」です。

とにかく市民国家としてあるということは、裁判においても、裁判官はいない。まず原告という告訴する人がいて、お触れ役がそれを調整して、細かいことは省きますけど、そして裁判を開くのです。陪審員は当然ですね。裁判官がいないのだから。日本の裁判員制度みたいなインチキじゃなくて、ほんとうに全部やるのですが、それが厖大な数です。ソクラテスの裁判は陪審員が五百一人です。

私は、その裁判について克明に調べて本を書いています。『大地と星輝く天の子』（講談社、一九六三年）というのを、三十歳ぐらいのときに書きました。いまは図書館にしかないでしょう（編集部注――岩波文庫版上下巻が二〇〇九年に刊行された）。三島由紀夫の『午後の曳航』とこの本が一緒に出たのですが、あちらは赫々《かっかく》と売れて、こちらは赫々とは売れなかった（笑）。ギリシアの話なんて、誰も興味がない。全部調べて、延々と書いたんですが、いろんなことがあって面白いねえ。

裁判所で五百一人がやるんだけど、なんぼ読んでも、その裁判所に屋根があったかどうかわからないのよ。ただ、学会で紹介してもらったのが、田中美知太郎という人です。岩波でたくさん本を出してるでしょう？　私の大学の先生が紹介してくれたから、その人に私は聞きに行ったんです。「ソクラテスについて聞きたい」と言ったら、彼は「ああ、いいよ」と言ってくれた。彼のソクラテスの話は有名じゃない？　それで私は、「ソクラテスを裁いた裁判所に、屋根はありましたか」と聞いたら、向こうはびっくりしたねえ（笑）。そんな質問をされたのは初めてだと。黙ったねぇ。十分ぐらい黙ってたよ。考えとったんやね。「わからん」と言ったよ。

この人がわからへんのやったら、何を書いてもかまへんやろ？　日本でいちばん有名なソクラテス学者がわからんというのなら。私は、徹底してやるからね。で、本ができてから送った。そしたら、礼状がちゃんときたよ。取っておけばよかったねえ。「この小説は、史実に関する限りすべて正確でした」って。これは痛快だったね(笑)。

とにかくそういう小説を書いて、あらゆる民主主義の問題は、全部ここに入れた。

彼(=ソクラテス)は告訴されたでしょう。告訴したのは、アニュトス(Anytos)という政治家です。民主政治を闘った人です。三十人政権を打倒した人の一人です。同時に、また腐敗・堕落している人です。人間はヤヤコシイよね。だから小説を書くんだよ。清い人ばかりだったら、小説を書く必要はない。黒か、白か、わからんとこがあるから小説を書くんです。私はそうです。

陪審員の買収第一号をしたのが、このアニュトスです。しかし、同時に民主政治を闘ったんです。そのときに、ソクラテスは何もしなかった。それはソクラテスも言っていますが、「何もしない」。それで、民主政治が復活したからソクラテスの言論も許されるでしょう？　それをつくったのはアニュトスなんですよ。ソクラテスは何もしない。

アニュトスがソクラテスを告訴するのに使ったやつが、文学青年のメレトスというやつです。それからリュコンというのは弁論家《べんろんか》。弁論家《べんろんや》がいたんです。あらゆる訴訟に首を突っ込んで、金を儲けるオッサンです。このオッサンと三人で告訴するのです。告訴すると、奇数の陪審員が集まるでしょう？　その罪状は何かというと、国家が認めている神以外の神を、崇めろと煽動したということなんです。国家というのは大事なんですね。それから二番目が、いろいろな言説を撒き散らして青年をかどわかしたと。この二つは死罪に値するということで告訴したのです。

アニュトスにしても誰にしても、死罪なんて考えていないと思うんですね。国外追放がいちばんいいでしょう。いなくなればいいと思った、と思うんです。それも克明に調べてみたんだけれども、だいたい結論はそうです。私の『大地と星輝く天の子』はどこかの図書館にあるかもしれない。どこかの古本屋にあるかもしれない。読んでもらったらいっぺんにわかるよ。こんなにたくさん書いてる小説、ほかにないよ。ギリシア民主主義が、否応なしにわかる。光と影とがね。

とにかく、それで告訴した。こういう告訴をしますと、不思議なことをやるんですよ。第一回と、第二回と、裁判を二つやるんですよ。普通、泥棒をしたとか、親を殺したとか、それは罪状がはっきりしているでしょう。しかし、これはわけのわからん罪状でしょう。「国家の神をけしからんと言った」とか、「青年をかどわかした」とかいうのは、罪状がはっきりしない。そうすると、まず第一回の裁判で、有罪か、無罪かを決めるんです。変なことをやるんですね。それで、有罪に決まりますと、第二回の裁判をやって、今度は自分に適当な罪を、被告のほうも言うんです。変なことをやりますねえ。もう、無罪だということはできないのです。皆の前で、演説して申告するわけです。そして、原告のほうも、「こいつはこれにせい」というふうに言うんですね。

一回目の弁論で五百一人がワーッとやったでしょう。そうすると、一回目で有罪だと言ったやつが、五百一人のうち二百八十一人で、それに対して二百二十人が無罪だと言った。差異は六十一人でたいしたことない。三十人ぐらいが移動したら無罪になったでしょう。それぐらいなもんですよ、ソクラテスの裁判は。

プラトンが『ソクラテスの弁明』というのを書いてますが、どれだけ本当かわからないよ。プラトンが勝手に書いたんだから、あんなものは眉に唾をつけて読めばいいんだけど、なかなか面白い。結局、三十人が移動すれば無罪になる。それぐらいのものだったわけです。ところが第二回、これが大問題になるわけです。第二回に、有罪であるから自分の刑罰を言わなければいけない。よせばいいのにソクラテスは、「私は素晴らしいことをしたのだから、プリタネイオンにおける食事に値する」と言ったのです。プリタネイオンでの食事というのはいちばんの名誉です。

私が、アテネが素晴らしいと思うのは、国家の最高の名誉は、生きている限り、一生、昼飯を食わせるということだった。これは、素晴らしいじゃないですか。昔は、昼飯がいちばんのご馳走でしょう？　プリタネイオンというのは、円卓みたいなところですが、そこで一生、最後まで食えるわけ。それで食えたら、収入がなくてもいいじゃないですか。

これを日本でもやったらどうかと思うんですね。私は、ある町の文学賞に、そんなことをやったらどうかと提案しました。「賞金も何も要らない。あんたのところに名産があるやろ？」と。一年間だけ現物給付する。勲章みたいなものをもらっても、しょうがないでしょう。

一生昼飯を、しかも名誉ある昼飯を食わす。私は、アテナイの人たちというのは偉い人やと思うね。全世界が、真似たらいい。ホワイトハウスの前で飯を食えばいいじゃない。そしたら、「あのアホが……」って言えるじゃない（笑）。そういう言論の自由というのは大事ですよ。そう思うんだな。あれがなくなったらいかんですよ。それをギリシアから学んでほしい。

ソクラテスが言うのに、「私は国家の名誉を受けていいのだ」と。だから、プリタネイオンにおける食事が必要であると言ったわけや。有罪のやつが。それは不可能にしても、「俺は、貧乏だけど、これぐらいの罰金だったら払える」と、罰金を言ったわけよ。ナンボぐらいかなぁ。十万円ぐらいじゃないですか。「十万円ぐらいだったら払ってもいい」と言ったのよ。

ソクラテスの友だちのクリトンとか、そういうのが「対話」に出てきます。クリトンは大金持ちで、いくらか忘れたけれども、「なんとかムナを出す」と言ったわけ。おそらく五百万円ぐらい出すと言ったんじゃないですか？　そう言ったけれども、最初に怒らせたでしょう？　有罪のやつが、「俺は名誉を受けるんだ」と。そこへもってきて、「十万円ぐらいだったら払ったる」ぐらいのことを言ったわけですよ。そしたら、皆が第二回では怒りよったわけで、第二回にはコロッと変わってしまった。これが大事なんです。

二回目には、三百六十一人が死刑にしろと言い、百四十人が反対して罰金にしろと言った。さっき、無罪と言ったやつの八十人ぐらいが、心変わりして死刑に投票した。無罪と言ったのだから、罰金刑になってもいいでしょう。アニュトスのほうは、国外追放とでも言ってくれれば、それで収まると思っていた。ところが、断固としてソクラテスは国外追放は嫌だと言った。無罪に投票したやつは、罰金刑に投票しなければいけないでしょう？　論理的に考えれば。それがコロッと変わって、圧倒的多数が死罪賛成に変わってしまった。

それに対して、最後にソクラテスが、「あんた方を見放す」という大演説をしている。そこまで読んでほしいのです。

ソクラテスに見放された人はどうなるのかと、私は学生のときにこれを読んで考えたんです。私は、変なことを読むんだな(笑)。される側が考えて、する側は考えない。あくまで小さな人間の立場で考える。それで、この小説も書いた。大きな人間だけに正義があるんじゃないと。小さな人間は、どうやって処理するかと。

ソクラテスは有罪になってもいい。考えてごらんなさい。だいたい、ソクラテスの言うことを聞くと、政治は全部専門家に任せる、素人がやったらイカン、市民なんか放っておけと。笛を吹くときは笛吹きに任せる。政治はもっと大事やから、政治家に任せろと言ったのは、ソクラテスです。それに乗っかって書いたのが、プラトンの『国家論』です。哲人が政治をやったらろくでもない。あれは、人を殺す政治、独裁国家の政治ですね。そうなっちゃうでしょう? 賢人政治というのは恐いですよ。衆愚政治でいいから、人々がやるのがデモクラシーです。

それをソクラテスは否定した。ソクラテスの言うことを聞いたら、エライことになるよ。民主政治が破壊されますよ。そこまで読んでほしいのです。ソクラテスがすべて正義というのは間違いです。ソクラテスのお弟子さんが、アルキビアデスやろ? アルキビアデスのおかげで、国は負けたじゃないですか。先生には、その責任があるじゃない。

既往は問わないとなっているのよ。そのとき、講和の条件として、過去は問わないという条件があったから、アニュトスのほうはアルキビアデスの話は言ってないですよ。しかし、皆、知ってるじゃないですか。アルキビアデスがメチャクチャにしたと。この国を亡ぼしたのはアルキビアデスやと。その先生がソクラテスです。だから、ソクラテスが有罪になっても、当然だという感じがしますね。皆さん、ソクラテスにすべて正義があると思っていたら、それは大間違い。民主政治の破壊者だもの。

そこまで深く読んでほしいのです。しかし、八十人がフワッと心変わりした、これは何や？と。「俺はたぶん心変わりした一人や」と私は思いましたよ。ソクラテスの正義は怪しいと。アニュトスのほうも怪しい。しかし、自分で判断せなイカンわけよ。自分の判断がアッと言う間にコロッと変わるでしょう。これがデモスの恐さですね。これをどうやってやめなきゃいけないか。これにデモスはかかっていると思います。それで私は、この小説を延々と書いたわけです。これは自分の問題なのです。皆さん方の問題でもある。

民主政治とは何やということで、三つの話をした。まず、デモス。デモスは殺されるのだと。バシレウスによって殺される存在。アポロンによって殺される存在。

二番目には、ワーッとやって反抗したら、皆がよってたかって打ちのめす。

三番目には、やっとこさデモスが権力をもったら、今度は、愚行をする。

デモスの意識は強いですよ。ソクラテスは、何も正しいことはないですよ。なんべんもくり返して言うけど。ソクラテスは、国家の命令にしたがって毒を飲んだでしょう？

＊

「これはけしからんやないか」と、ベトナム戦争のときに言い出した人物がいます。ダニエル・ベリガンといって、ベトナム戦争反対でいろいろなことをやって、徹底して逃げ回った神父です。ソクラテスの悪は、国家のいうことを、皆、聞かなイカンとしたことだと。しかし悪法は否定していいのだ。悪法といえども従うというのは、ソクラテスが全世界に撒き散らした害悪の一つだ、というわけ（笑）。「悪法は否定していいのだ。ソクラテスは間違っている」と。そして、ベリガン神父は逃げ回ったわけだ。偉いよ。それを助けてまわったのは、ハワード・ジンという私の友だちです。

そういうふうに徹底して考えていただかないと、大変なことになる。そして、それが小さな人間のこれからの問題だと思います。ソクラテスがすべて正しいのではない。小さな人間がすべて正しいのでもない。われわれの判断をちゃんともつということが、ひとつ、必要だと思いますね。そうでないと、小泉（純一郎）劇場にごまかされたりするわけです。

そこのところが非常に大切で、小さな人間の鼎の軽重が、問われることになると思うのです。小さな人間の立場に立ってものを考えることが、非常に必要ではないでしょうか、というのが私の結論なのです。私はべ平連というベトナム反戦運動をしたのだけれども、これといちばんよく似ていた連中は、ベトナム戦争反対運動の中に出てきた元兵隊たち、ベテランという人たちです。私はそれに参加したけれども、ベテランたちが三十人ぐらい集まって、ニューヨークからワシントンまでバスで行ったのです。私は感動したね。そのとき何をしたかというと、勲章を突っ返したんだ。勲章だとか、勲記だとかあるでしょう？　看護師だった女性もいた。

そのときの大統領がジョンソンです。ジョンソンが、「ベテラン(元兵士)の名にかけてこの戦争をしている」と言ったのですが、それに怒ったわけ。こんな間違った戦争に、なんで俺の名前を使うのかと、三十人ぐらいが行ったわけですが、そこにはいろんな考え方があるわけ。第二次世界大戦の従軍者もいましたよ。年をとっている人。いちばん若い人が、朝鮮戦争へ行った人で、大きな旗を持って、わざわざ軍服を着て行った。

「一七七六年アメリカ、一九六六年ベトナム」でしたか——ベトナムでやっていることは、われわれの独立戦争のときと同じだと書いたプラカードや旗を持ってデモをした。そういう感動的な光景があった。中にはファシストもいる。「絶対に戦争は駄目だ」というやつもおれば、あの戦争はファシズムに対する戦いだからよかったが、この戦争は間違っているという人もいた。いろんな考え方の人が、「ベトナム戦争は間違っている。これはやるべきではない」という一点だけで集まっていた。

有名な小説家が演説したけれども、大半は無名の人でした。そこらのスーパーマーケットのオッサンとか、鉄道の荷物運搬係とかで、一生にいっぺんの晴れ姿でしょう。勲章をもらった瞬間、あるいは、勲章をもらったときに大統領と握手している写真もあった。それを全部突っ返した。スティール製の箱に投げ入れた。何か演説した人もいたけれども、黙ってパッとやるやつもいる。私は感動したね。これが、アメリカ民主主義の原点、小さな人間の原点ですよ。

実は、私たちのベトナム反戦運動というのがどういう運動かというと、べ平連と言われていたけれども、それがそうなんですね。つまり、主義主張は多様であったわけね。いろんな考え方があった。

ただ一点において、「ベトナム戦争は間違っている。日本の加担は間違っている。これはやめさせなければいけない」と、これだけなのです。だから、ワーッと集まったわけです。学生運動とは違うのよ。反戦運動をやったわけ。

反戦運動のとりえというのは、難しい理屈が要らないことです。「この戦争は間違っている。反対だ」ということで一致するわけだから。それでたくさんの友だちができた。たとえば、ノーム・チョムスキー。それから、ハワード・ジン。さらにはバートランド・ラッセルまで。ラッセルの哲学とか、サルトルの哲学とか――私はサルトルも知ってますが――、そういう哲学を知らんやろ？ そやけど、反戦運動の一点において知っている。

「この戦争は間違っている」。それで集まってくるでしょう。これは非常に大事なんですよ。学のある人の、なんとか主義がどうしたこうしたというのはきりがないでしょう？ それが、小さな人々の原点なのです。それが集まったのが、べ平連です。これは非常に自由な運動だったと思うのです。

「べ平連」の運動について新聞なんかで書かれたことは、「これは虫瞰図の運動だ」ということでした。鳥瞰図というのは上から見るでしょう？ 虫瞰図というのは、地を這っている人たちの運動だと。そのとおりだと思います。ただ、そのときに新聞なんかの書き方で間違っているのは、「鳥瞰図は自由だ」と書いている人がいたのね。虫瞰図のほうが、はるかに自由でしょう。なぜならば、鳥は絶えず下界を眺めて、どこへ下りてやろうかと思っている。下りるところはないかと探し回ってるわけ。虫は、はじめから地を這ってる。地を這いながら、われわれは否応なしに現実にいるわけ。同時に、目は上を見ている。目は無限の自由じゃないですか。はるかに自由な運動です。

鳥瞰図の運動というのは、全部、駄目なんです。下へ降りよう、下へ降りようと、上から下の情勢を見ているから自由がない。いつか降りないといけない。虫ははじめから(地に)いるわけで、虫の視点のほうがはるかに自由なのです。それで、小さな人々の視点がいちばん大事です。

虫の視点でジーッと見る。認識というものが、非常に冷然と現実を見極める。これは非常に大事なのです。認識は冷然と事実に基づいて、上を見ている。そしてそこから思考は自由になるべきだと。これは大事な原点です。

それから、民衆の思想というのは、how から始まると思うのです。what から始まるのではない。「こうすべきである」というのではない。社会主義というのは、こういうのをつくるでしょう? 「これをやれ!」となるから、強制を伴うじゃないですか。そうではなくて、how から考えて what に至る。そういう思想形成を必要とします。非常に大事だと思います。いままで間違えたのは、全部、what から出発したからです。「こうすべきだ」「資本主義はこうあるべきだ」「その……はこうだ」と。そうではなくて、われわれが地道に動くことによって認識し思考する。しかも思考は自由です。

それから今度は、虫の視点で自由に見る。そういうことから、新しい世界を考えていくということが必要ではないでしょうか。そういう意味で、私はいま、小さな人間――皆さん方や私もそうです――が集まって、それぞれに考えることが大事です。大きな人間は、わざわざこんなところに来るはずはない。

皆違う考え方でしょう？　共生するというのは……。私は、『共生への原理』（一九七八年）という大きな本も書いて筑摩書房から出していますが、誰も読まなかった。その頃、誰も共生を言わなかったよ。私は、ひとりであっちこっち回って、書いたんです。『共生への原理』です。共生の原理はまだできあがっていない。

そのとき私は、オーストラリアだったかで、英語で言う必要があったから、自分で勝手に造ったのが、“co-habitance of different various”という言葉です。co-habitanceという英語はありません。私が造ったものです。habitatという言葉があるでしょう？　一緒に住むということ。住居というのは、人間にとって必須のものです。そのhabitatという観念が、最近になってやっとこさできたんですね。それをもっと抽象的にするとhabitanceでしょう。co-habitanceは一緒に住むことです。しかも住居をもって、different value異なった価値が一緒に生きること。

共生というのを、英語でcoexistenceと言う人もいたけれども、それは「平和共存」みたいで大げさです。それから、symbiosisということばが出てきた。これは、アメーバの共生には使うけど、人間の共生には使ってはいけないと思うんですよ。

それで私は、“co-habitance of different various”という言葉を造った。違った価値をもつ人が、いかに一緒に生きるか。これは、小さな人々のなかで大事だと思います。これを調整して、うまくやっていくのが民主主義なのです。新しい観念のデモス・クラトス。デモクラシー。これをいかに調整してやっていくかをひとつ、考える必要があるだろうと思います。たとえば経済の問題でも、資本主義経済でいきたい人とか、社会主義経済でいきたい人とかいろいろいる。そうではないんだと、戦争中、中国でニム・ウェールズたちが考えてやっていた生産協同組合のような考え方でやる人がいてもいい。結果として人間の生活が向上することが必要ですね。

目的のために、手段というのは多様性があっていいのです。そういうふうに考えるべきだと思いますね。そうでないと、「これでいけ」となって強制が伴います。それは、失敗の連続だったわけです。いちばん失敗したのは、社会主義体制ですね。

what から考えるのではなくて、how から考える。それで新しいものを創り出していく。それが小さな人間の、いちばんの根本原理ではないでしょうか。それで新しい世界を創り出す。いま大事なことは、そういうことだと思います。

私は関西で、「市民の意見30」というのといっしょにいろいろな運動をしているのですが、いま論客を見ていても、憲法は「九条の会にまかしとけ」みたいになっちゃってる。たとえば、福祉の問題を言う人は憲法を言わないでしょう？　それから、格差の問題にしても憲法とからまないでしょう。災害もそうですね。

憲法はみな、からむでしょう？　憲法でいちばん大事なのは、二十五条、二十四条の、具体的に小さい人間の生き方が書いてあるところじゃないですか。そして、そのためには九条が必要なんですよ。戦争があったら困るでしょう。そして、それだけでは駄目なんです。世界全体が変わらなきゃ駄目でしょう？　それが、前文なのです。そうやって結びついているし、そうやって結びつけて考えていただきたい。それをバラバラにしてるんですよ。

私はいま、関西でひと月に一回、「〇〇と九条」という題で、集会をやっています。このあいだも、「福祉と九条」をめぐって集会を開いたところです。東京の人は知らないけど、市川禮子さんという、日本でいちばん最初に特養老人ホームの個室化を断行した人がいます。私は、自分が震災で被災したなかで、たくさんの人と知り合いになり、いろいろなことの視野が開けたのですが、そのうちの一人です。

いま、福祉の問題を言うときに、憲法と結びつけて言う人はほとんどいません。でも、憲法がなかったら、福祉なんか実現できませんよ。新聞を読んでも、福祉、福祉と、福祉一辺倒です。格差の問題だって、ほんとうは憲法があるのにそれを言わない。

そういうやり方では、もう駄目なんです。市川さんは見事にそのことをしゃべってくれた。そして、老人を主体にした社会の作り直しが必要だと。そのとおりでしょう？　単なる、ターミナル・ケアとか、バリアフリーということではなくて、全体としてやり直しがきかなアカン。そうすると、世直しが要るでしょう？　そういうかたちのなかの社会変革が必要なんです。「社会主義だ、なんとかだ！」っていうんじゃなくて、そういうかたちで出てくることが必要だと思うのです。

彼女は、なかなかいい結論を出して、芸術もそうだというのです。老人のことをいちばん考えている芸術は能だと。要するに、西洋の芸術はみな、若い人ばっかりがワーッとやるものですね。そうではないんだと。すべてが、そういう時代にきているのではないでしょうか。文化の問題においても何においても、小さな人々、小さな人間が非常に大事なところにきているのです。皆様方に考えていただきたいと思って、ここへ来た次第です。

（二〇〇七年二月二十二日、岩波書店・大月書店・新潮社共同主催「『玉砕／Gyokusai』『九・一一と九条』『終らない旅』刊行記念小田実講演会」での講演。この講演が小田実氏にとって、生前最後の文学思想講演となった）

世直し大観

序章

民主主義の振り子の「定説」

アメリカ合州国の政治――自由を基本の理念にすえた民主主義政治には、ひとつ、「定説」があるようです。「定説」と言うより「伝説」、あるいは、「信仰」と言ったほうがよいかも知れませんが、当のアメリカ人はもとより、世界で多くの人が信じているように見えます。

アメリカの政治がよからぬ方向に向いて、それが、どう見てもろくでもないことになって来ると、民主主義政治の復元の大きな振り子が働いて、その方向、ありようを是正する。

この復元の振り子で決め手になるのが、四年ごとの大統領選挙です。政治の采配を振る大統領がどうにもよくないとなると、大統領をもっとましなのに替えて、政治の是正をはかる。

これが「定説」ですが、そこまで根本的な是正は望めないにしても、四年ごとの大統領選挙の中間で行なわれる上院、下院の議員選挙――「中間選挙」でも、かなりの是正がなされる、なされ得る。

そう期待される。

二〇〇六年秋の「中間選挙」は、その意味で、まさに「定説」通りの選挙だったと言っていいにちがいありません。上、下院ともに民主党が共和党に大勝して、それまでアメリカ合州国の政治をわが物顔に生耳って来たブッシュ大統領の政権は、世界最大、最高の軍事力を使っての「イラク戦争」での勝利のあとのイラクの軍事支配の政策を、ラムズフェルド国防長官をクビにしてまで、大きく転換せざるを得ないところにまで追い込まれたのですから、「定説」はまちがいなく生きていた。

それればかりではありません。ラムズフェルドなど「ネオコン」(新保守主義者)と呼ばれた一団の政治家やら役人やら学者やらがブッシュ大統領を担いで推進してきた。推進を始めたところで「九・一一」の事態が起こってそこから急速に力を得て推進に拍車がかかった。巨大な軍事力を背後にしてアメリカ合州国が世界を文字通り支配して、二一世紀を「アメリカの世紀」にするという野望もここで明らかに放棄せざるを得なくなった。「定説」はまさに生きています。

ここでついでに、かつて現代のアメリカ合州国の「ネオコン」などと同様、世界制覇の野望にとりつかれた人物がいたことをつけ加えて言っておきたいと思います。その人物の名はアドルフ・ヒトラー。

この事態を招来させたのは、他ならぬ「中間選挙」で一票を共和党を排して民主党に投じた、大半が名もない市民でした。「イラク戦争」を起こし(「イラク戦争」の前には、「九・一一」を口実にしての「アフガニスタン戦争」がありました。「アフガニスタン戦争」の政策も「イラク戦争」の政策と同様、これからどうなるか判らない泥沼状態のなかにあります)、「アメリカの世紀」の世界覇権という野望を実現しようとした政治の世界の人物たちを「大きな人間」とするなら、市民はたいていがそうした大それた力をもたない「小さな人間」です。そう考えれば、二〇〇六年秋のアメリカ合州国の「中間選挙」は、「小さな人間」の「大きな人間」に対する反逆、勝利の選挙だった。そう見てとっていいかと思います。

「小さな人間」の勝利の前例

ここで私が想起するのは、一九四五年のイギリスの国政選挙で、大半が「小さな人間」のイギリスの市民が、それまでイギリスを強力、強引にひきずって世界大戦での勝利に導いたチャーチル首相の保守党を斥けて労働党を政権の座につけたことです。なるほど戦時下の「戦争政治」においては、チャーチル首相の強権政治も必要だったかも知れないが(ヒトラーがチャーチルの強権政治をうらやんだというのは有名な話です)、しかし、もう戦争は勝つのだ、必要なのは戦後の「平和政治」にふさわしい政党だとして労働党を選び出した。これもまちがいなく「小さな人間」の「大きな人間」に対する反逆、勝利でした。

この戦後の「平和政治」のトバ口に立っての「小さな人間」の選択が妥当、賢明だったと私が考えるのは(私はまぎれもなく「小さな人間」、その位置に立っている人間です。その位置から考えることです)、この反逆、勝利によって、今日私たちのような日本の市民に至るまでが国民健康保険制度その他の社会保障制度が戦後世界にあって人間がまともに生きて行くための当然の前提としてでき上がった事実を考えるからです。もしイギリスの戦後政治において、イギリスの市民がチャーチルの保守党政権を選び取っていたなら、事態はどうなっていたか。私がそこまで思考のふり幅をひろげて考えて、何か慄然としながらイギリスの「小さな人間」の選択、反逆、勝利を評価するのは、現在の世界で、多くの「第三世界」の貧しい国々は言うに及ばず、世界の最強、最富の、そのはずのアメリカ合州国にはいまだにその人間がまともに生きて行くための前提としてある国民健康保険がなくて、多くの貧しい「小さな人間」たちが苦しい生活を送っているからです。

狂気からさめた「小さな人間」たち

チャーチルにかかわって私が想起することが、もうひとつあります。それは彼が、一国の国民がすべて正気を失って狂気に陥ってしまうことがある、第二次世界大戦での日本人がそうだったと述べていたことです。この彼のことばが当時の日本人に当っていたとするなら、これは「九・一一」以後のアメリカ人についても当っていたと言えなくもないかと思います。いったいあの民主主義と自由の国のアメリカはどこに行ってしまったのかと、当のアメリカ人のなかでも心ある人をなげかせ、世界の多くの人を案じさせた事態が「九・一一」以後のアメリカ内部でかなり長いあいだ起こっていたことは事実でした。「反テロ」と「愛国心」がその当時の狂気の主原因でしたが、その狂気のおかげも多分にあってのことでしたでしょう、ブッシュの大統領再選が実現したのでした。そう考えれば、二〇〇六年秋の「中間選挙」にさいして、いっとき正気を失っていた多くの「小さな人間」が狂気からさめて正気を取り戻したと言っていいかも知れません。正気を取り戻したからこそ、「小さな人間」はいっとき自分たち自身がとりこになっていた「大きな人間」の狂気に対して反逆し、勝利した――事態を大きくそうとって、大きなまちがいはないと私は思います。

この「中間選挙」がいかに「小さな人間」の反逆、勝利であったかは、「大きな人間」のブッシュ大統領が政策変更を迫られ、彼のそばで「大きな人間」の世界制覇の野望を公然と主張していたラムズフェルド氏が国防長官の職を辞さざるを得なくなったという事態だけに明らかにされたことではありません。他にも、たとえば、対外的にはまったく無名だった五人の子供と孫をもつ女性政治家が、アメリカ政治の序列から言えば「ナンバー・スリー」の位置に立つ。そして、大統領弾劾の権限をもつ下院の議長に選ばれた事実もよく示しています。彼女がいかに「無名」の存在であったかは、日本の「アメリカ通」を自認するジャーナリストや論客のなかで、中間選挙のまえに彼女の名を出した人が誰ひとりいなかったことで判るというものです。

彼女の民主党が「小さな人間」の党だと甘いことを言うつもりはありません。党員にも支持者にも、大金持ちも政・財界の大ボスもいくらでもいます。しかし、党員にも支持者にも「小さな人間」が共和党にくらべて圧倒的に多いことは、たとえば、両党の党大会に出かけてその現場を見ればすぐ判ることです。民主党の党大会では、いかにもチマタの人間と見える人の数は多いし、目立つのは黒人など非白人の姿とその多さです。たしかにブッシュ政権のカナメの位置に立つ国務長官は黒人女性ですし、彼女の前任者もこちらはカリブ海地域出身の一兵卒から叩き上げの軍人の黒人でしたが、共和党の党大会のさまは、やはり、どう見ても、圧倒的に「白い」ものですし、どうしても裕福者が目立ちます。党大会のさまの比較から言っても、「中間選挙」での民主党の勝利は「小さな人間」の「大きな人間」に対する反逆、その勝利でした。

正気の少数者の存在

ここで忘れてはならないことがあります。この「小さな人間」の反逆、勝利には、多くの正気を失っているなかで、正気を失わずにいた人たちがいた、いつづけたことです。全体が狂気に陥っていると見えるなかで、彼らの数は決して多くはありませんでしたが、これは逆にも言えて、少なからずいた。白い眼をむかれたり、ときに村八分同様の目にも遭いながら、彼らはブッシュ政権の言動に「否」の態度をはっきり表明して、ときには、デモ行進を行なってまでして示したものでした。

彼らが「否」の声をあげたとき、のちに民主党に投票する市民――「小さな人間」の多くはそこまでの勇気がなかったかも知れませんし、そこまでの徹底した認識をブッシュ政権の政治に対してもっていなかったかも知れません。あるいは、政治がそこまでひどいものでなかったかも知れない。「中間選挙」のあとで、これから大統領選挙に打って出ようとしてブッシュ政権のイラク政策に「否」の意思表示を明確にしたヒラリー・クリントン女士(「女史」と書くより、中国式に「女士」と書くほうがいいように思うので、そう書きます)も、かつてはブッシュ政権のイラク戦争に賛成の立場をとっていました。ヒラリー女士は、どう考えても「大きな人間」です。「大きな人間」の彼女ですら、「否」と言わなかった、いや、たぶん、言えなかったのですから、「小さな人間」が、どうもこのブッシュ政権のやり方、やろうとしていることはまちがっていると感じていても、それを口にできなかった。あるいは、まちがっていると自信をもって考えることはできなかった――ということになってしてもふしぎではありません。

私は長年生きて来て(私は一九三二年生れです)、またベトナム反戦運動に参加して以来、他の国のものもふくめていくつも市民・政治運動につきあって来たこともあって、市民はこの事態はひどいと感じ取っていても、それが何であれ、それくらいでは動かない、その事態が「これはいくらなんでもひどすぎる」と感じ始めて動き出す――という実感、実感に基づいた認識をかたちづくって来ていま す。

一九八五年から八七年にかけて「西」ベルリンに住んでいた私には、その実感、認識が強くあります。当時は、まだ「ベルリンの壁」のあった時代です。「壁」のなかに住んでいながら、私は壁を越えて、「東」ベルリンを始め、あちこち「東」の国々へ行きました。その経験のなかで感じとったことは、社会全体にひろがっていた「反体制」の空気でした。実際にいろんな「反体制」運動の人びとも会いましたが、まだそのころには、彼らの運動はまだまだひと握り、少数者の「前衛」の運動でした。彼らは社会主義政権の強権政治の事態をいくらなんでもひどすぎると受けとっていても、彼らのその気持、認識はまだまだ全体のものではなかった。彼らの社会に入って、彼らと実際に接していた私にはそうした実感、認識があります。強権政治の事態がさらに進んで、同時に人々の意識も進んで、それが「いくらなんでもひどすぎる」事態と誰もが感じ取るようになったとき、各地で社会主義政権打倒の「市民革命」が起こって、ついに一九八九年の「ベルリンの壁」崩壊の記念的事態に立ち至った――私は当時の一連の過程をそんなふうにとらえています。

そこまで激しいものではもちろんありませんが、私は二〇〇六年秋の「中間選挙」での「小さな人間」の反逆・勝利に同じ道程を感じ取っています。事態はたしかにただの「ひどい」から、「いくらなんでもひどすぎる」ところにまで至っていた。そう「小さな人間」が感じ取り始めていた。私は「小さな人間」の反逆・勝利をとらえます。

ベトナム反戦運動の現場での体験

今、当のアメリカ人をふくめて、ブッシュ政権の「イラク戦争」から現在に至る事態を「ベトナム戦争」に比肩する人は多いですが(もう少しくわしく言うと、「ベトナム戦争」でのアメリカの敗戦、失敗です)、「ベトナム戦争」でも同じような事態がありました。

先日(二〇〇七年一月のことです)、若い新聞記者が電話をかけて来て、今、アメリカでは「イラク戦争」にかかわって反戦運動が大きく盛り上がって来ている。しかるに日本ではその盛り上がりはない。どうしてか――と記者はとがめだてするようにいったものでしたが、彼の話を聞いていると、彼が知っているのは、ベトナム戦争の運動がアメリカや日本において盛り上がっていた時代だけのことでした。私はこの本のあとのところでもう少しくわしく述べることですが、一九六五年にのちに「ベ平連」の名で広く知られるようになった運動(正式名称は「ベトナムに平和を！ 市民連合」)を、鶴見俊輔さんらと始めたのですが、そのころからの体験から言って、日本の運動もアメリカの運動も、その若い記者が聞き知って意識したように決して当初から派手に大きく盛り上がったものではありませんでしたし、中だるみの時期もあって、わずか十数人ほどしかデモ行進に人が来なかったこともよくありました。アメリカの運動について言っても、「ベ平連」は当初から運動の国際連帯、ことにアメリカの運動との連関の形成を心がけていたので、実際に私はアメリカへ出かけて集会に参加したり、デモ行進でいっしょに歩いたりしたことが何度もあったので自信を込めて言えることですが、決して最初から十万人がこと集まって来るというようなことではなかったし、中だるみの時期もいくらでもありました。

私のアメリカの運動との実際の付き合いは「ベ平連」を始めた一九六五年の夏にミシガン大学で開かれた、「ティーチ・イン」に招かれて参加して以来のことですが、そのころ「ティーチ・イン」は各地の大学その他で開催されていたものの、ベトナム戦争反対の空気はまだまだアメリカ社会全体にひろがっていなかったもののようでした。つまり、それは「ベトナム戦争」を「いくらなんでもひどすぎる」事態として受け止める人の数がまだまだ少数の「前衛」だったことです。しかし、そのあとわずかな時間の経過のなかで、事態は急速に変化して行きました。

そのころのアメリカの運動のなかで、私が明確に記憶している運動があります。一九六六年二月のことだったと記憶していますが、第一次大戦から朝鮮戦争に至るアメリカの過去の戦争に兵士として参加した「小さな人間」たち(のなかには女性もいた。参加者の夫人もいたが、かつての看護師も女性部隊の兵士もいた)の、「元兵士《ベテラン》」たちの一団の運動でした。運動と言っても、べつに組織ができているのではなく、有志の一団が集まって、かたちづくったまさに市民運動のような一団でしたが、彼ら三十人ほどはニューヨークから夜行の貸し切りバスを仕立てて、ところどころ積雪が白く美しく輝く早朝のワシントンまで出かけて行った。その一団の話を聞いて、私も同行させてもらうことにして彼らといっしょのバスに乗って行ったのですが、彼らの目的は、彼らの反戦の意思表示のために彼らが自分の参加した戦争でもらった勲章勲記、従軍のあかしのリボン、除隊証明書などを大統領に突っ返すことでした。一団のきもイリ役になった小説家の話では、ジョンソン大統領が、彼ら「元兵士《ベテラン》」の名において自分たちはベトナム戦争を戦っているのだと言明したそうですが、私たちは、今、こうしたまちがった戦争のダシに使われたくない。私たちの行動は、ジョンソン大統領の政策から自分を切り離し、この戦争を私たちがいかなる意味においても支持していない、加担していないことを示すためなのだ――そう彼はホワイト・ハウスの手前の小さい公園で三十人と三十人を取り囲んだ多数の人たち(知るまえぶれもなく、彼ら同様の「小さな人間」たちでした)にむかって力強く述べました。

第二次大戦参加者のその小説家はかなり名の知れた作家で、いっしょにきていた彼の夫人はさらに高名な詩人でしたが(詩人はもうひとり男の詩人がいて、やはり第二次世界大戦で兵士だったという彼と、ニューヨークからのバスのなかでプロティノス、エズラ・パウンド、ジェイムズ・ジョイス、T・S・エリオットについてしゃべって夜行の一夜を過した）、他の人たちはほとんどまったく無名の「小さな人間」たちだった。職業はタクシー運転手、建設工事の人夫、編集者、教職者、鉄道員などで、あらゆる戦争に反対する平和主義者もいれば、ファシズムを打倒する戦争に自分は進んで参加した、しかし、この戦争には、とうてい自分は賛成できないと私に言明した「真珠湾《パールハーバー》」の戦闘の参加者もいました。朝鮮戦争の従軍者は、元中尉の人でしたが、彼は朝鮮戦争はアジアの住民に自由をもたらすための戦争だと教えられたが、この戦争はどうなのか、いったい何の役に立っているのかと言いました。

小説家の短い演説のあとで、いよいよみんなは、あとでそれをホワイト・ハウスにもって行って突っ返すのだというスチール製の箱にめいめいの勲章、勲記などを入れ始めました。入れる時に、何か声明めいたことばを口にする「元兵士《ベテラン》」もいたし、ジョンソン大統領への手紙らしいのを読み上げる者もいたし、ひと言、「この汚い戦争《ディス・ダーティ・ウォー》」と吐きかけるように言って立ち去った「元兵士《ベテラン》」もいました。

何も言わなかった人たちもいました。駅で貨物の積みおろしをやっているという大男の「元兵士《ベテラン》」でしたが、第二次大戦の間、ドイツ軍陣地に単身突っ込んで、味方の勝利をもたらした。その武勲で貰ったという勲章を、彼がそれを上官から貰ったときの写真のついた勲記、それは彼の生涯の中でもっとも輝かしい時間だったにちがいないですが、その彼の輝かしい一瞬を記録した勲記とともに勲章をスチール製の箱に無言のまま投げ入れた。そのいっときのさまは今も私の胸に焼きついているように思えるのですが、朝鮮戦争の従軍者だというまだまだ若い二人が、彼らがそのとき着ていたにちがいない軍服を着て、ひとりが星条旗を持ち、もうひとりが、「UNITED STATES 1776 VIETNAM 1966」と大書したプラカードを持って歩いていた光景も私は忘れることができません。プラカードの文句の意味は独立戦争を戦ったアメリカ合州国の一七七六年が今のベトナムの一九六六年だということでしょうが、星条旗には当時のアメリカ合州国の州の数を示すように星が十三しかついていませんでした。

「ひどすぎる」から「いくらなんでもひどすぎる」へ

たしかにその一団の全体の光景は私の眼に焼きついたようにして記憶に今も残っている光景ですが、その一九六六年二月という時点では、彼らのベトナム戦争を「いくらなんでもひどすぎる」事態だとする認識は、まだまだアメリカの社会全体にひろがっていなくて、彼らはまだまだ少数者、その意味では「前衛」でした。しかし、その彼らの「いくらなんでもひどすぎる」認識は、遂に社会全体に広がり、わずか三年後の一九六九年十一月十五日には全米各地で参加者の数万人、数十万人の規模で集会、デモ行進が行なわれたほどのものになっていました。私もワシントンのホワイト・ハウス裏のワシントン記念塔が立つ大きな芝生の広場での集会とデモ行進に加わったのですが、そこには三十万人が集まって来て、広大な広場が人とプラカードや横断幕で埋めつくされていました。そのときにはすでにジョンソン大統領はニクソン大統領に替わっていましたが、彼はその集会とデモ行進の巨大さに衝撃を受けたと言われています。それは、彼の、ベトナム戦争終結への動きに力を及ぼしたと思います。

ハワード・ジンは、『民衆のアメリカ史』(Howard Zinn, *A People's History of the United States*, Harper & Row, 1980)と題した、おそらくあまたある「アメリカ史」のなかでもっともすぐれたものを書いた歴史家ですが、私は「ベ平連」の国際的な連帯形成のなかで知り合い、私たちの招きで彼は黒人の活動家の若者をつれて一九六六年六月に日本に来て、私たちといっしょに、北海道から沖縄までいわば「ティーチ・イン行脚」の講演旅行をして歩きました(私はこうした国際連帯形成の努力の中で、彼ばかりでなく、世界の多くの重要な人物たちと知己になりました。アメリカの場合で言うなら、彼の他にノーム・チョムスキー、フランスではシモーヌ・ドゥ・ボーボワール、ジャン＝ポール・サルトルなどです)。この講演旅行は日本政府のベトナム戦争にかかわっての「いくらなんでもひどすぎる」認識を日本の社会にひろげるのに大いに役立ったと私はふり返って考えるのです。ジンは帰国後、すぐ『ベトナム——撤退の論理』(Howard Zinn, *Vietnam: The logic of Withdrawal*, Beacon Press, 1967)を書き、ベトナム戦争解決にはアメリカが即刻撤退する以外にはないと主張しました。実際アメリカがベトナムから出て行った今、この主張はなんでもない主張のようにみえますが、当時、そういう「過激」な主張をする人はまだいませんでした。おそらく彼が最初で、それだけ衝撃をアメリカ社会にあたえたようでしたが、この主張も急速に社会全体にひろがって行って、その一九六九年の全国規模での反戦集会やデモ行進のころに、それはもうまったく当然の主張のようになっていました。そしてさらに数年後、アメリカ合州国は、ほんとうに、ベトナムから全面的に「撤退」することになる。そこまで追い込められた。

それと同じような事態になりつつあると、今、アメリカで多くの人が言い出しています。「小さな人間」の反逆・勝利のあと、ブッシュ政権は根本的な政策変更を求められながら、それをイラクへの米軍増派で切り抜けようとしていますが、そんなことで泥沼状態になった事態をうまく解決できるか、かえって泥沼が拡大、深くなる――と多くの人が危惧している。ベトナム戦争で、米軍増派をくり返して、最後にはニッチもサッチも行かなくなったベトナム戦争での事態と、今の事態はあまりにも似ています。あのころ、よく聞かされたことばに「今度こそトンネルの出口が見えてきた」がありました。米軍増派のたびにアメリカ政府の誰彼が口にしたことばでしたが、あまりくり返されたので、「いったいいくつトンネルがあったらことがすむのか」と言い返されることにまでなった。

あのころアメリカ側にとって救いがあったのは、彼らが戦った相手が「北」ベトナムであれ「南」ベトナムの解放戦線であれ、国として、あるいは、民族勢力として、まともな相手であったことです。それゆえにこそ、アメリカ側は次第に追いつめられながら、パリで和平会議をえんえんとつづけて、そのあと戦争がひき起こした泥沼を押しつけるかたちで無事になんとかベトナムから出て行くことができた。

一九七五年のことでしたが（マーティン大使以下、アメリカ人全員が大使館の屋上からヘリコプターで脱出したのはその年の四月三〇日、米軍の撤退は前年に行なわれている)、ベトナム側の勝利は、アメリカ側の死者は米軍の死者五万八千人に対して、ベトナム側は民衆をふくめ二百万人とも三百万人とも言われるものでしたから、文字通りの「惨勝」でした。「惨勝」後ベトナムは泥沼の収拾にこれまたえんえんと苦労して、ようやく世界でもっとも希望のもてる国家といわれるまでになったのですが、このことについては、私はこれ以上述べるつもりはありません(現在のベトナムについて、またそこに至るまでの苦労について、私は最近出した小説『終らない旅』(新潮社、二〇〇六年)のなかで小説の形を通じてですが、具体的に書いています。読まれるといい)。ただ、私がここで指摘しておきたいのは、アメリカ側がベトナムから、くり返して書きますが、無事に出て行くことができたのは、ベトナム側にしっかりした事態の受け皿があったことです、しかし、今、イラクにはそのしっかりした受け皿はない。

その意味で、今、事態は「ベトナム戦争」より旧ソ連が全面支配を目標にして武力介入して、内戦の泥沼をつくりだしたあげくに行きづまって全面撤退したかつての「アフガニスタン戦争」(一九七九年アフガン侵攻〜八九年ソ軍完全撤退)の事態にはるかに似ています。当時のアメリカが、今や最大の敵とするオサマ・ビン・ラディン一派の武装勢力を強力に支援した事実は忘れてはならない事実です。

旧ソ連の「アフガニスタン戦争」がつくり出した泥沼は今もアメリカが引き継いだかたちでつづいています。この泥沼はどうなるのか、どうするのか、一切が不明です。

しかし問題はそれだけではありません。もうひとつ、大きな問題があります。それは、旧ソ連自体がアフガニスタンに対する武力介入――「アフガニスタン戦争」の失敗後の打撃を自らが受けて、旧ソ連の世界の一方の側で、覇者として君臨して来た力を失って、それが内部の「ペレストロイカ」(は、ひと口に言えばそれまで無力だった「小さな人間」にもう少し力を与えて国に活力を取り戻そうとした「上」からの、「大きな人間」からの動きでした)の力の突き上げとあいまって、ついに、広大な「社会主義大帝国」は自己崩壊をとげたことです。

同じことが、今のアメリカ合州国についても言えるような気が私にはします。アメリカという「資本主義大帝国」についてです。「中間選挙」の後の今のアメリカがどうなっているか私は知りませんが、ひところアメリカの政治を牛耳っていた「ネオコン」はかつては否定的意味で使われていた「帝国」ということばを積極的、肯定的に使い出して、「アメリカ帝国」というような言い方を平気でしていたものです。この大帝国がこれからどうなるのか。ベトナム戦争での失敗は、ベトナムという泥沼の受け皿があったおかげで、アメリカはなんとか切り抜けることができた。しかし、いまはそうした受け皿はありません。これからどうなることでしょうか。

なるほどアメリカ合州国の「小さな人間」たちは「大きな人間」たちに反逆・勝利しました。しかし、これから民主党が政権をとったところで、泥沼の事態は解決し、問題は解決されるでしょうか。そこで出現する、そのはずの民主党の「大きな人間」たちは、そうした離れ業を演じてくれるでしょうか。大いに疑問です。

ここでひとつ、言っておきたいことですが、私は「資本主義大帝国」が行きづまって崩壊するのを阻止すべきことだと思っているのではありません。資本主義のそれであれ、社会主義のものであれ、世界の政治を配下におき、世界全体の「小さな人間」の生死をそれが力に任せて左右するような大帝国は願い下げにしたい。一日も早くなくなればいいと考えているのですが、さて、それで事態はどうなるか。

今はっきりして来ていることは、「大きな人間」がもはや頼りにならないことです。そして、これはアメリカ合州国だけのことではない、イギリス、フランス、ドイツのことでもあれば、ロシア、中国、韓国、インド、エジプト、イスラエル、はたまた、「北朝鮮」のことでもある。もちろん、わが日本の場合でもある。

この事態に「小さな人間」はどう対するのか、それが今まさに「小さな人間」にぶつかって来ているように思います。

私がこの「世直し大観」と題した、小さな本を今書くのは、私自身がまぎれもなく「小さな人間」のひとりであるからです。その位置で、問題にどう対して行くのか。私自身が何をどうして行こうとしているのか。この本を読まれる方といっしょに考えて行きたい。

これが私のこの本を書く動機です。

第一章

なぜ「世直し大観」を書くのか

作家としてうれしいのは、街で会った見知らぬ人から「あなたのあの本がよかった。いまだに読んでいます」と声をかけられたりすることです。幸いなことに私にとっても、そうした体験を持つ著作がいくつかあります。その一つが一九七一年に書き、翌七二年に岩波書店から上下二冊で世に出した『世直しの倫理と論理』です。この私の「世直し大観」は、その本を「原型」として書こうとしている本です。

『世直しの倫理と論理』を書いたのは私が三十九歳の時ですが、今日私は七五歳で、すでにその時から三十年以上経っています。「原型」は確かにそうですが、この間の世の中・世界の推移、変化は著しいし、また、私の認識・思考も広がり、深まってきています。書き直すというより、「原型」はあくまで「原型」として、今新しく書こうとしている本です。

私が『世直しの倫理と論理』の大半を書いたのは、四国・徳島郊外の海岸近くの老人リハビリ用の小さな病院でした。当時徳島の大学で整形外科医をしていた兄の世話で、その病院に入れてもらったのですが、昼間は車いすの老人たちに取り囲まれ、夜は病院の周りの水田からのカエルの鳴き声を聞きながら、ベッド上に半身を起こして書いていていました。

こうした体験をしながら書いたのがよかったと私が今考えるのは、その暮らしの中で、何か自分の思考がより地についたものになっていったのではないかと思えるからです。都会の騒がしい中では考えられない、あるいはどこか人里離れた林の中で書いたのではない。「世直し」ということも、あるいはそうした言い方で物事を考えることも、その老人リハビリ用の小さな病院で書いたことが大いに関係しているように思えます。

私の病気は何でしたか――確か胆嚢炎のように記憶していますが、主な原因は私が疲労困憊していたことに尽きるようです。なぜ疲労困憊していたのかは簡単です。その一九七〇年より数年前、一九六五年に始めたベトナム反戦運動、世に「べ平連」(ベトナムに平和を！ 市民連合)の名前で知られたベトナム反戦の市民運動を始めた一人として、東奔西走、日本中はおろか、世界中各地まで足をのばした活動のおかげでした。自分で言うのもおこがましいですが、私なりに全力をあげて参加してきた、ベトナム反戦の市民運動の結果として疲労困憊していた。その結果として病気になったと言っていいかと思います。私はいまだに、病院に入って一カ月ほどベッドの上でただ眠りに眠ったことを鮮やかに覚えています。

べ平連の「不文律」

「べ平連」の運動は何であったかとはよく聞かれる質問ですが、私がいまよく似ていたと考えるのは、序章で述べた、自分たちの反戦・抗議の意志を明確にするために勲章その他を返しに出かけたアメリカの元兵士《ベテラン》たちの行動ではなかったかと思います。もちろん「ベ平連」は元兵士の運動ではありませんでしたが、年齢、職業、人生体験も種々雑多なら、思想、信条、考え方も違いながら、ただ、ベトナム反戦・抗議の意志を明確にもち、その意志をワシントンにまで出かけて勲章その他を返すという具体的・直接的行動によって示す、その有り様の根本、姿形、基本の理念において、「ベ平連」の運動は、アメリカの元兵士の運動とよく似ていたと考えるのです。そういえば、彼らの行動の中心にいて指導的役割を果たしていた一人の人物は、私同様作家でした。

運動の始まりは、一九六五年にアメリカ合州国が理不尽に始めた北ベトナムへの爆撃――北爆――世界中に反戦の声が巻き起こった空爆でした。当時どういうわけか、日本では反戦運動の動きはたいして起こらなかった。

「ベ平連」はひとくちで言えば、ベトナム反戦運動です。一つの問題に集中して市民運動を展開する――最初考えた旗印は「アメリカは戦争をやめろ、ベトナム戦争をやめろ。日本政府は協力するな。ベトナムはベトナム人の手に」、この三つがスローガンでした。

それにウラのスローガン、不文律があったのです。自分のやりたいことをやる、人のやることに文句をつけるな、文句があるなら自分でやれ、と。それにはただ一つの条件がつくんですね。必ず自分でやる、ということです。自分で決めたことは自分でやる。人にやれと言うのではなく自分がやる。自主的に自分が動くことが市民運動の一番基本の原理だと思うんです。この三つが不文律としてあって、運動は広がり、伸びていったと思います。

よく「べ平連」は自発的な運動だと言われました。その通りです。市民が自発的に動き、大きな組織がその動きの中に入っていく。それまでの運動は、たいてい大きな労働組合や学生運動などの大きな運動が動いて、それを補完する形で市民が動く、というのが多かったようです。しかし、「べ平連」の運動は違った。むしろ、非常に不思議なことに、総評や学生運動は、いっこうに北爆に対して行動を起こさなかった。世界中で起こっていたようには日本では起こらなかった。それでというわけではありませんが、市民が自発的に動いた。

それより以前に安保闘争がありました。安保闘争も大きな組織が動き、それに付随する形で市民運動が起こった。「声なき声の会」という市民運動が起こったのですが、それは主役にはなりませんでした。それが「べ平連」の運動では、まさに逆に市民運動が主役、市民の自発的な動きが主役になってことが動き出した。そう言っていいかと思います。

「虫瞰図の運動」と「鳥瞰図の運動」

「べ平連」の運動にはいろいろな特色がありました。よく言われていたことに、この運動は「虫瞰図の運動」である、ということがあります。鳥が上から地上を見渡す鳥瞰図がありますね。革命運動など、大きな視野で動く運動が「鳥瞰図の運動」です。それに対して「べ平連」の運動は「虫瞰図の運動」、地の上を這いずり回る虫の視点で動く運動だとよく言われました。私はこのことはかなり当たっていると思うんです。地の上を這うように市民が集まって小さなデモ行進をする。虫のデモ行進ですね。「大きな人間」が市民を影で動かすのではなくて、普通の「小さな人間」が自ら動く。それで大きな動きを形作る。アメリカの中間選挙も「虫瞰図の運動」です。同じようなことが選挙ではなく、デモの形で、集会の形で、あるいはビラをまくことによって行なわれた。

ただ、「虫瞰図の運動」だから大きな展望を持たない運動だと誤解されてしまう。当時のはやりの言葉で言うと、「私たちは大きなことはしませんが、小さなことをしこしこやっているんです」という言い方がよくありました。「べ平連」がこの代表例みたいに言われたことがあるのですが、私はこの言い方は間違っていると思うんです。

虫は地上を這っているけれども、同時に、目は空を見上げて、大きく宇宙を眺めている。それが「虫瞰図の運動」ではないかと思うのです。逆に言えば「鳥瞰図の運動」は小さな運動です。鳥はいつも地上のどこかへ降りようとして、下をコソコソ探り回っている。地上に限定されてしまうんです。かえって「鳥瞰図の運動」のほうが、小さな問題にとらわれてしまって動きがとれなくなる。それに対して、「虫瞰図の運動」は宇宙を眺めている。これが「べ平連」の運動だったのではないかと思います。

でないと、小さな虫たちの運動が大きな運動につながっていく——たとえば、アメリカ合州国の軍から脱走してきた人を支援するという、世界的にも大変評判のある運動——そういうことはできなかったのではないかと思います。

「小さな人間」が持っている力

私は、人間の精神の中で大事なものに認識と思考があると思うんです。認識とはものを見さだめることです。思考とは考えることです。認識すること、つまり事柄をできるだけ正確に、こう言うと誤解を招くかもしれませんが、科学的に、的確に見さだめる。はじめから主観を入れないで客観的に物事を見さだめる。認識が正確でないと物事が動かない。

しかし、認識だけでは駄目です。認識の上に組み立てるのが思考です。これは自由でないといけない。認識はあくまで冷静に物事を見さだめる。その認識をもとにして自由に物事を発想する、自由に動く。これは虫の視点と同じなんですね。認識は地の上を這って、這うことによって作っていく。しかし、目は上方を向いて宇宙を眺める、大空を眺める。これは自由であるということです。この二つのことが形成されるとき、人間の思考は自由に、すばらしいことも考えることができる。「べ平連」のすべてがすばらしいわけではありませんが、基本的には「虫瞰図の運動」であり、同時に認識と思考があったということを申し上げておきたいと思います。

「べ平連」の運動は、「小さな人間」の立場に徹した運動であったと思います。これはまず「べ平連」が反戦運動であったことが大きく関係しています。「小さな人間」には戦争を起こす力はありませんけれども、戦争をやめさせる力は持っています。その認識と思考が私にはあります。「大きな人間」が戦争を起こそうとしても、「小さな人間」がいないと戦争はできない。これはもう古今東西の歴史に残っている事実です。いくら「大きな人間」がやっきになって戦争をしろと叫んでも、「小さな人間」が動かないと結局戦争はできない。このことは忘れてはいけないと思います。つまり「小さな人間」が自分たちの力を信じて戦争に反対する限り、戦争はできない。あるいは戦争をやめさせることができる。その認識の上で、戦争をやめさせるにはどうしたらよいかという思想の自由、思考の自由がもっと求められています。

民衆の力、デモス・クラトス

デモクラシーは、ギリシア語でいうならばデモス・クラトスです。デモスとは民衆です。クラトスは力です。民衆の力、ひところベトナム戦争反対運動が盛んだった世界で、よく「ピープルズ・パワー(people's power)」という言葉を使いました。デモクラシーは「people's power」だというのは、まったく正確な訳ですね。「people's power」とは、デモス・クラトスです。要するに「小さな人間」が持つ力、それを実現するのがデモクラシーだということが民主主義の一番根本の原理です。これを忘れてはいけないですね。

その民衆の力の政治を達成するために選挙があります。デモ行進することも、集会をすることもストライキをすることも、みんな民衆の力なんです。大きな意味でデモクラシーという言葉をとらえておかないと、民主主義というのがすぐ選挙の話だけ、議会制民主主義の話だけになってしまう。ことに日本では、その傾向が強いですね。しかし、選挙も一つの手だてにすぎない。

ことに面白いのは、民主主義の本場である古代アテナイにおいては、選挙はほとんどしていないのです。民衆の力が一番発揮される大衆集会が最高の議決権を持っていたんです。そのことを忘れてはいけないと思います。民衆の力というのは、自分たちが力を持つことを自覚することなのです。

世界の叙事詩のなかで一番古いもののひとつにホメーロスの『イーリアス』があります。この戦争叙事詩を見ているといろんなことが分かります。

小さな国々の王たちがアガメムノンという総大将を中心として、こぞってトロイを攻める。これには様々な話が関係していて、トロイのパリスという王子が、スパルタの王の后を誘惑して連れ去った。この后を奪い返すために戦争を起こすというのが大きな筋書きです。スパルタのギリシア人がこぞって、東方のトロイに出かけて大略奪を敢行する。そういう筋書きが基本にあるのがトロイ戦争です。しかし、いくら王たちが、一番力を持つアガメムノンを中心にして略奪戦争をしようとしても、実際に戦争をするのは民衆という「小さな人間」です。「小さな人間」がいないと戦争はできない。それが一番よく表われているのが『イーリアス』です。『イーリアス』を読んでいると、王たちが民衆の心をとらえて戦争に連れていくことに、いかに汲々としているか、よく分かります。彼らは、片方で民衆をバカにしながら、同時に民衆の力を恐れて、何とかしてこの戦争をやってのけることを画策する。

この『イーリアス』の中に、この戦争は勝ち目がないとギリシア軍が考え出し、そこでアガメムノンのたくらみによって民会を開きます。民衆の中から「こんな戦争は、王様が得をするだけで民衆のためにはならない」ということを言い出す男が出ます。このテルシーテースという男の取り扱われ方をみると大変面白いと思います。いかにも醜い、仕方のない男に描かれているのです。しかし、それに対して、アガメムノンの参謀役を務める、有名なオデュッセウスがテルシーテースをつかまえて、お前みたいなインチキは何だと言って、やっつけにかかる。殴ったり蹴ったりするんですよ。それを民衆たちがこぞって笑う。オデュッセウスの側にまわって一緒にたたきのめすのです。それはその時の一つの民衆の態度ではないかと思うのです。

『イーリアス』の舞台は紀元前一三〇〇年ころのものです。ホメーロスは紀元前八世紀ぐらいの人ですね。紀元前八世紀ぐらいの人々の気持ち、人々の感情、それを表わしているのが『イーリアス』です。紀元前八世紀ぐらいの人々は、こうやってオデュッセウスと王と一緒になってテルシーテースをたたきのめす、笑いのめす、そういう気持ちであったのではないかと思うのです。しかし、それは要するに民衆が自分たちの力を自覚していなかった、デモス・クラトスという自分たちの力を自覚していなかったのですね。

それから、紀元前四、五世紀ぐらいになると、ギリシアのアテナイにおいて民主主義が非常に大きい力を持ちます。そうすると四、五百年の間に民衆の気持ちが変わっていったことがよくわかると思うのです。紀元前八、九世紀の民主主義はデモス・クラトスという力を自覚していなかった。しかし紀元前四、五世紀の民衆はデモス・クラトス、つまりデモクラシーを実現していったということがよく分かる。

アルキビアデスの民主主義

しかし、デモクラシーの世の中になってから、こういうことがアテナイにありました。かの有名なソクラテス裁判です。

これには前史があります。スパルタとアテナイは長い間戦争をしていて、そして結局スパルタにアテナイが敗れ、スパルタの占領軍にアテナイは占領される憂き目にあいます。

アテナイがスパルタに敗れた一つの大きな原因は、シケリア、今のシチリアに対して、「スパルタの背後にあるのはシケリアだからそれを討て」と言い出したアテナイの人間がいたことです。この人物の名前はアルキビアデスです。プラトンの『対話篇』でも出てくるので記憶されている方も多いと思いますが、かの有名な政治家であるペリクレスと姻戚関係にある人物です。美男子と誉れ高いプレイボーイで、やんちゃ坊主だったかと思いますが、ただそういうやんちゃ坊主にありがちな憎めぬところがある。何か悪いことをしてもあいつがやったことだからいいと人々が許してしまう、そういう人物だったようです。ことにソクラテスには可愛がられ、一説にはソクラテスのお稚児さんだったとも言われています。

その彼が大演説をしました。アテナイの市民の最高決定権は大衆集会にあります。アテナイに行かれたら、パルテノンの神殿には皆さん行かれると思うんですが、その近くにプニクスの丘という場所があります。そこが大衆集会の会場だったんですね。椅子などはなく、ただの平べったい岩山の頂の草原です。ところどころにある岩の上に、皆が座って演説を聞いたりしました。「アテナイの民主主義は衆愚政治で滅びた」という人がよくいるけれど、これは大きな間違いです。大きな戦争をするか否かを決める時、現在の民主主義国家では、たいてい民衆は参加しないで大統領が勝手に決めたり、あるいは議会が勝手に決めたりしますね。しかしアテナイでは、民衆が大衆集会で決めたのです。一説によれば六千人が集まって決めていたらしいのです。

そのことを前提に話しますと、そこでアルキビアデスが立ち上がって、シケリアを討てという大演説をしました。民衆はこれに感動したのですね。それでみんながシケリアを討てという決議をしたのです。そして民衆の側が「それならお前が総司令官になれ」と、アルキビアデスにシケリアへ遠征しろと言ったのです。そう言われると彼は困って、それが直接関係するかどうかはわからないけれど、アテナイで一番神聖な場所であるヘルメスの神殿に、酔っ払って乱入して、神像をたたき壊すようなことをやってのけた。それは死刑に値する罪悪なんですね。そして彼は裁判にかけられそうになったものだから国外に逃亡します。こともあろうに敵のスパルタへ逃亡したんです。

彼の言い分によれば、そのあとシケリア遠征という無謀なことをしたおかげでアテナイはついにスパルタに敗れてしまったのだというのです。そして、アテナイがスパルタに占領されたところにゆうゆうと戻ってきたのです。アルキビアデスは人々から「逃亡者だ」と非難されましたが、彼はいけしゃあしゃあとこう言ってのけたのです。国家というのは人民を愛すべきものである、しかるに愛すべき人民を死刑にするとは何ごとであるか。だから私はそんな国家などいらないのであり、だからスパルタへ逃れたのだ、と。これはなかなか面白いと思う。国家と自分は対等である、国家が上に立つのではなく、国家は自分が作っているのだから、自分が主だという。国家と自分は対等であると主張するのです。民主主義の大きな根幹の一つを、このアルキビアデスの話は示していると思います。デモクラシーの国家のいうことだから全て聞かなければならないというのではない。「俺は俺の原理で生きているのだ」と。

アテナイを占領したスパルタは三十人政権という傀儡政権をつくって、市内を破壊します。パルテノンを占領してそこを司令部として占領するのです。ナチス・ドイツがアテネを占領したときもパルテノンを司令部にしています。どの国も似たようなことをするのですね。とにかくそれで三十人政権をでっち上げて、独裁政権(傀儡政権)をつくる。それに対して反対勢力がみな立ち上がり、国外に逃亡していた連中も立ち上がって武装闘争を展開し、ついに三十人政権を打倒して、アテナイの民主主義が復活するのですね。

ソクラテスは正しいか

そして、復活した次に起こったのがソクラテス裁判です。この前史をまず頭の中に入れてください。ソクラテスの裁判がどうして起こったかというと、ソクラテスの言うことを聞いていると民主主義が破壊されるからです。彼流の民主主義とは、たとえば笛を吹くにも笛吹きを雇うように、それぞれに専門家が必要なのだけれども、政治は専門家ではなくそこらの人が政治をするから間違うのである、政治はもっと賢い立派な人に任せるべきであるという言説です。これでは民主主義の破壊になります。

「小さな人間」の力を信じないで「大きな人間」のやる力でやれということになる。これでは反民主主義に当然なっていきます。ソクラテスの思想は、独裁政権への道を開く、非常に危険な思想であるということになってきます。他の問題もありますが、結果的にはそういう専門家の政治には反対すべきだという民主主義の根本の問題に行き当たることになりました。

そのとき、ソクラテスを告発した者が三人いました。一人は民主主義政治家として高名なアニュトスという人です。三十人政権でも国外に逃亡してから三十人政権と戦った、ギリシアの民主主義復活の功労者です。他はルコンという弁論家と、もう一人は文学青年です。主役はアニュトスです。

ギリシアの裁判は徹底した陪審制です。告訴した方が市民なら、裁く方も市民です。くじ引きで選ばれた人が裁判をします。日本のような十人とか十五人というちゃちなものではなく、四百一人とか五百一人とかが裁判員となります。

第一回の弁論でソクラテスが行なった弁論が、プラトンの書いた『ソクラテスの弁明』という、誰でも知っている有名な演説です。それに対してアニュトスは、ソクラテスを非難する演説をして、両者やりあうんですね。裁判は二回に分かれます。一回目で有罪か無罪かを決める。有罪となったら、二回目に今度はどういう判決が適当であるかを、有罪を宣告された人と告訴した人がお互いに言い合う。第一回の、いわゆるソクラテスの弁明の演説の後に判決を下したのだけれども、その判決の差は確か六十票くらいの差です。全部で五百一人だったとすれば、三十人ほどが無罪を主張していれば彼は無罪になっていた。ところが第二回では圧倒的多数がソクラテスに死刑を宣告しました。

どのような刑が適当かを決める二回目の弁論では、ソクラテスは自分がそのような刑罰を受けるようないわれはない、むしろ私は一番国家のために尽くしているのだから、国家から最大の名誉を受けるに値する人間だと堂々と言うのです。パルテノンに近いアゴラにプリタネイオンという迎賓館があり、そこで死ぬまでずっと昼食を食べさせてもらうという、なかなか面白い制度があります。ソクラテスは、自分がそういうものに値する人間だと言うのです。それで、みんな怒るのですね。刑罰を受ける者が国家の名誉を受けるべきだとは一体なんだと怒り出すのです。そこへソクラテスが、それはかなわないにしても、罰金を払うことくらいはできると言いました。多少の金額なら私は払える、金持ちの友人たちが百万でも二百万でも出していいと言っている、とまで言ったのですね。告訴して死刑を求めた側は、ソクラテスは国外追放を言い出すだろうと思っていたのです。もしソクラテスがそう言っていたら、みんなは死刑はいやだから恐らくそうなったと思うのです。しかし、ソクラテスはそうしなかった。そうするとみんな怒り出した。裁判員になった人間たちが怒り出して意見を変え、さっきは無罪に投票した者が、今度は死刑に投票したのです。八十人ほどが心変わりして、圧倒的多数で死刑に決まってしまった。

私は、ここに多くの問題が出てくることを指摘しなくてはなりません。まず、ソクラテスの言い分が正しいかどうか、ということがあります。ソクラテスの言い分は正しいと思っている人が多いのですけれども、それは正しくないのです。ソクラテスの言い分を聞いていたら、それこそ民主主義の破壊になります。アニュトスの側も褒められたものではありません。アニュトスは陪審員を買収した第一号と言われている人です。しかし、彼が民主主義のために闘った人であることは確かですね。そうした問題も出てくると思います。しかし、最も重要なことは民主主義とは何ぞやという大問題です。無罪に投票した人で心変わりした人が八十人いたということです。つまり、投票するに際して深く考えないで、あっちに行ったりこっちに行ったりして、感情にまかせて動いたということが言えると思うのですね。軽挙妄動してあっという間に意見を変えることがいいのか。これは、デモクラシーの一つの大きな問題だと思います。

「小さな人間」による世直し

私はこれを青年時代のときに読んで、私は果たしてこの八十人の中の人間じゃないかと思ったのです。ソクラテスは最後に、見放すように、「あなた方、私を死刑にした人たちよ、あなた方は仕方のない人間だ」と宣言するのです。私は衝撃を受けて、ひょっとして俺はこの八十人じゃないかと、つまり民主主義とは何であるかということを深く考えないで日々を過しているのではないかと思ったのです。

つまるところ、民主主義とは何かという大問題にわれわれは突き当たるのです。私が長年考えてきて、いろいろなことをやってみて、ひとつの結論はこうです。「大きな人間」という存在が、その大きな力を行使して政治や経済、文化の中心をかたちづくる。それに対して「小さな人間」が何をするか。「大きな人間」が、個人の問題としても、制度の問題にしても、必ずしもいいものをつくりだすとは限らない。めちゃくちゃをするということが必ず起こってくる。それに対して「小さな人間」が、デモス・クラトス、自分たちの小さな力を信じて、反対する、抗議する、あるいはやり直しさせる、是正する、あるいは変更する、変革する。それが「小さな人間」のやることです。私はこれがデモクラシーだと思うんです。デモス・クラトスが「大きな人間」の過ちを是正する。

是正する方法にはいろいろあります。選挙もあるし、デモ行進もある。集会する場合もある。極端な場合は革命もあるだろう。「大きな人間」がかたちづくるものを「小さな人間」がデモス・クラトスで変えていく、是正する、反対する、抗議する。これがデモクラシーだと思うんです。これがなかったらデモクラシーはないんですね。それをまず、私たち「小さな人間」の側が考えていく必要があると思います。

「世直し」ということばをあえて使うならば、世の中は、絶えず世直しをしていく必要があると思うのです。でないと「大きな人間」がはびこって力のままにむちゃくちゃをするのです。世直しするということが誰にとっても大きな問題としてあるのではないでしょうか。私がこの「世直し大観」という中で書こうとしているのが、まさにそれなのです。

世直しにとって最大の問題は、戦争に反対することが必要であることです。誰にとっても一番大事なことは、平和な社会の中で生きるということです。「大きな人間」は戦争を引き起こす力を持っているけれども、「小さな人間」はそのような力を持っていない。しかし、「大きな人間」は、「小さな人間」が一緒に動かない限り戦争はできない。ひとりでは戦えない。すると「小さな人間」は、戦争を阻止する力を、やめさせる力を持っていると思うのです。古今東西、人間は戦争ばかりしてきました。反戦ということがなければ、人類はもう滅んでいるわけです。そういうことを考えてみますと、「正義の戦争」といったものをふりまわすのではなく、戦争に反対することが基本にあって、「小さな人間」のあり方がある。それが世直しの基本だと思うんです。反戦から出発して、全体の世直しということを考えるところにわれわれは立っていると思うのです。いま、私たちにとって必要なことはそういうことじゃないでしょうか。

私は「べ平連」という反戦運動を中心として思想を形成してきたことを非常に大事に考えています。ふつうの政治の考え方と違うのは、私はやはり平和と反戦の考えを一番根本においていることです。子どもの時の戦争の体験、そこから出発して平和な日本をつくってきた現在があるということを非常に大事に思って、いま、この話をしています。

だから「小さな人間」であるわれわれが世直しをする。それが「小さな人間」のやることだと思うのですね。でないと「大きな人間」がはびこって何をしだすかわからない。

「大きな人間」は「大きな人間」が作り上げた勢力、組織、運動、さまざまなもので「小さな人間」を巻き込んで粉々にする恐れをもっています。「小さな人間」は、どうせ巻き込まれるのだけれど、巻き込まれながら巻き返すことが、私たちの根本にある倫理・論理ではないかと、私は考えています。

（生前、小田氏が岩波新書のために書き下ろそうとしていた『世直し大観』の序章と第一章。それぞれ雑誌『世界』の二〇〇七年一〇月号と一二月号に掲載された。第一章は死の直前、口述によって残された絶筆。

　左記は、小社社長山口昭男宛の手紙に示された、小田氏の全体プラン――

〈序章はすんだので、あと、①「デモクラシー」を「デモス・クラトス」(民・力)として考える。そのもととなる「デモス」としての「小さな人間」。古代ギリシアにおける「デモス」。『イーリアス』における「デモス」。アリストテレスの「デモクラシー観」。「デモス」と「バーバリアン」。古代アテナイとアメリカ民主主義。②「デモス」＝「小さな人間」の世界。鳥瞰図の世界でなく、虫瞰図の世界。「虫」の視点は「鳥」の視点よりはるかに自由である。③「べ平連」運動の考察。自由な運動としてあった。そこで考え、書いた『世直しの倫理と論理』。その現代的な意義と重要性。④「する」側からではなく「される」側からものを考える。文明を考え直す。現代世界の省察。そこから「小さな人間」の可能性が出て来る。その可能性が世の中を変える。すなわち「世直し」。「世直し」の方策の原理と具体的提言。⑤根本にあるのが「『老い《エイジング》』からの世直し」。「される」側の極致としてある高齢者と赤ん坊。この二者が共に生きられる社会。世界のあり方の考察。そこにおける日本の定説の重要性。「革命」の原理としてある定説。そして「九条」。だいたいこういうのが基本です。全体のタイトルを「『老い』からの世直し」としてもいいのではないかと考えています。どうですか。〉

Ⅲ　哲学の効用

鶴見俊輔

自己教育について

哲学を、私はこう考えています。哲学は、「老いぼれた親」の立場です。ほかの学問を産み出して、ほかの学問に伍して、いちおう今日も生きながらえていますが、往年のように、諸学の女王であるというふうに自ら称するのは僭越です。学問、特に科学では、満たせない立場を受け持つもの、それは自分の死や、自分の遠近法をもって考えるということです。

たとえば、ミミズに哲学があると考えてみたらどうでしょう。ミミズは、自分の置かれているところ——おそらく土の中——から、自分の状況とつき合って生きようとします。そうすると、そのミミズなりに、またその状況なりに、物事の考え方の優劣、こっちを先にして、こっちをあとにするということができるでしょう。つまり、そのミミズなりの価値基準ができるのです。

このモデルを考えると、人間にとっての哲学もはっきりすると思うのです。たとえば、もっと現実から引き離しますと、地球にもそういう哲学というか、視野があると考えることもできるでしょう。宇宙にも。

私は、私なりの視野があって、そこには私ひとりしか立つことができません。そういう視野をもつ者から見ると、どうして普遍ということに達することができるでしょう。自分は、言語によってしばられている。そして、言語の底に普遍があって、その普遍から考えていこうと試みるならば、それはひとつの学問の道を拓きます。あくまでもひとつの。しかし、どうしてこの言語でなければいけないか。いや、もっと突き詰めると、どうして言語を使わなければいけないか。

別の道を考えましょう。私が私の考えだけを進めるとして、その進め方に、ほかの人にとって何かの示唆——ヒント——を与えることはないか。そのように、私は自分の哲学を考えます。

ある人が、宇宙はこうなっている、本来こうなのだと、一晩中熱弁をふるうということがあるとします。そうすると、それを聞いている人が、「よく喋るなぁ」と思いつつ、何を言っているかよくわからないけれども、こういう人もいるんだなぁと、その人の繰り広げた宇宙論の体系は、その人ひとりにしか役に立たないものであって、それを聞いている人間にとっては滑稽な感じを与えることがあるでしょう。

その滑稽によって、その人は、他人にも通じる道を拓くのです。つまり、そういうことが哲学の効用ではないかと、私は思います。

前置きはこのくらいにして、今日のテーマは「自己教育について」ということです。

I

あるとき中年の主婦から、「あなたにとって転機はありましたか」「何が転機になったのですか」と聞かれた。根本的な質問です。私は、しばらく自分の過去を振り返って考えて、「ない」と答えた。はじまりの問題が、ずーっと続いているのです。いちばん初めの問題とは何かというと、母親と私との関係です。

母親は、皆さんの中にお母さんになっておられる方も多いと思いますが、自分の存在が自分の子どもに対して凶器であることを知らない。凶器というのは、原爆や水爆みたいなもので、ものすごい力をもつ武器なのですが、そのことへの自覚のない人が多い。私の母親もそうでした。

母親と子どもの関係は、対等ではありません。シンメトリーという言葉が日本語では普通に使われますが、シンメトリーではないのです。アシメトリー。つまり、片方は、「ダビデとゴリアテ」におけるゴリアテ以上のものすごい巨人であって、子どもは、生まれおちたときには、その巨人の足元にいるミミズにすぎない。巨人とミミズです。踏みつぶそうと思えば、簡単に踏みつぶせる。

近頃、母親が子どもを殺す話がずいぶん出てきます。少年が母親を殺すという記事も出てきます。そこには、私の心にある「私の哲学」と響きあうものがある。母親は私が生まれてから、いろいろなことを命令しました。「乳をのめ」とか、いろいろなことを命令する。それに対して私は、初めから、よく「ノー」といい続けた。いずれも深い根拠をもってのことではなかった。〇歳では言葉にして考えることはできないわけだから、反射です。「ノー」と答える。それをずーっと続けてきた。言葉を覚えてからも、「ノー」と答え続けてきた。

おふくろは、ひっきりなしに叱りました。言葉で叱るだけではなく、蹴飛ばしたり、殴ったり、柱に縛りつけたりした。私がおふくろに対してもっている感じは、「痛い！」という感じです。道を歩くにも、ほんとうに肩がちぎれそうな感じになる。おふくろは、とても足が速かったのです。そして、いつも叱られていました。

いま調べてみると、大正十五年八月二十日の記事があります。私が満三歳のときです。千葉県に鬼熊という人物がいました。皆さんご存知ないと思いますが、私にとっては、非常に偉大な人間です。

鬼熊にはお妾さんがいて、そのお妾さんが、男をつくった。私のいまもっている基準からいえば、それはそれで別に怒ることもないと思うのだが、鬼熊にとっては、これは人倫にもとる行為だった。そしてお妾さんを殺してしまった。警察に追われても、山に隠れて逃げ回り、なかなか捕まらなかった。それで記事になったのです。私の記憶では、新聞を広げると、そこに自分と同じ大きさの鬼熊の顔があった。

しかしそんなことはあり得ない話です。三歳の子どもの頭といったら、このくらいですか。そんなに大きな記事(写真)を、新聞が鬼熊について出すわけはないのですから。主観的に、私にはそれだけ大きく見えたという話です。「オレが、これだ」と思った。つまり、悪い人間だといつも言われていて、それは裁判の判決に近いわけです。「悪人だ」と。判決が出ていて、一生懸命逃げ回っているでしょう?「オレが鬼熊だ」と思った。

それが、ほとんど最初の社会的記憶です。その前にも、いろいろな記憶があるのですが、家の中の出来事、家の風景が私の記憶のなかにずっと残っている。

母親というのは、自分の前からいる自分なのです。生まれた子どもというのは、生まれついてすぐに自我をもつわけではない。つまり、初めに見る形、人間代表が母親、あるいは母親がわりの人ですから、その人が、「これがいい」「これをしろ」ということが、自分のなかに捧のように差し込まれるただひとつの正義の基準なのです。だから、自分のなかのほんとうの自分、自分の前からいる自分、そしてただひとつの正義の基準です。

それに対して、いつでも「ノー」といい続けている自分の反射があります。これは悪なのです。どういうことで怒られたかというのを、子どもはかなり覚えているものです。三歳か、それよりもっと前だったかもしれない。ゴーフルという大きいおせんべいみたいなお菓子があるでしょう、あれがとてもうまいものだと知ったのです。それがある戸棚をだいたい突き止めて、朝、暗いうちに、目が覚めたら階段を下りていって、それを取って食べていたんです。

おふくろは、きわめて目ざとい人で、下りてきて私を抱きしめ、声涙倶に下るのです。「あなたは悪い人間だ。ご先祖様に申し訳ない。あなたを殺して、私も死にます」と抱きしめて言うのです。これは、かなわない。ほんとうにこの世の終わりと思いますよ。そんな具合だから、おふくろに反対するのも命がかかっていた。それでも、あえてやっていたというのは、私のなかによほど悪事への衝動があったからでしょうね。ずっと私は悪人だったし、小学校でも不良少年でした。

小学校は卒業しました。小学校卒業が、日本での私の最後の学歴です。小学校を六年でクビになったのだが、ほかの、教室の同級生は推薦で上の学校に上った。（私は）試験を受けてほかの学校へ入るのだけれども、そこも一年でクビ。もう一か所に編入試験で入ったのだが、そこは二学期でクビですね。それでもう終わり。

困ったことに、私はおふくろを愛していた。それが問題なのです。愛しているから、おふくろに手をあげるようなことは一度もしたことがない。いまの子どもは、バットで殴るとかいうことがありますが、それだけの度胸はなかった。せいぜいやることといえば、繁華街、カフェ街の隅でプレーンソーダを飲むくらい。いや、その前に、薬局を三軒か四軒まわって、睡眠薬のカルモチンを売ってもらう。三十錠ずつ何度も分けてもらうと、致死量に達するだけ手に入るのです。それを、カフェ街でプレーンソーダを取って、少しずつ飲むのです。すると、だんだん回ってきて、最後に致死量まで飲んでも恐くなくなってくる、麻痺して。

それで、その辺の道端にぶっ倒れていると、巡査に拾われて交番に連れて行かれ、殴られる。そのうちに酔っ払っているわけではないことに巡査が気がつき、病院に連れて行かれる。ゴムホースを通される。そのとき、「これは、死ぬより生きるほうが苦しい」と思った。

それで、家に通報が行く。だが、高いビルから飛び降りて、いっぺんこっきりに片づいてしまおうなどとは考えない。だけど、致死量は飲まないといけない。そうでなきゃ、狂言自殺みたいになる。死んでもかまわない。それで、死体をおふくろにつきつけたいという要求なんだ。

この状態を、ベイトソン(G. Bateson)という人類学者は、ダブルバインドとよんだ。つまり、正義の基準はおふくろにあって、そのおふくろを私は愛している。ところが、自分はそれから逸れてしまう。悪人なんだ。そうすると、ふたつがせめぎあうことになる。自分は悪で、自分の拠って立つ正義の基準というのはおふくろにある。だから、生きていること自体が二重の行為、二重背反の行為になる。こういう人は、精神病になりやすい。

私は、精神病者になるほぼ完全な条件を満たして生きていたわけです。それで、おふくろは私を精神病院に入れるのですが、おふくろが医者に話しているのを聞くと、「この子は、朝からひと言も口を利きません」と言うんだ。それは、おふくろが付きっきりでいるから話さないのであって、おふくろがいなきゃしゃべるんだ。そういうことが、おふくろにはわからない。それで、精神病院の病室におふくろも一緒に泊まることになるのだけれど、治りっこないですよ(笑)。

まあ、そういうふうに、繁華街で寝転んで交番に連れて行かれるということを二度繰り返したんです。しかしそれは国会議員である親父にとっては、非常に困ることだった。スキャンダルになるでしょう。しまいに親父はあきらめてしまい、株券をつけてアメリカへ送りだしたのです。アメリカへは行かなくてもよかったと思うし、これは転機でも何でもない。家から離れて暮らせれば、別の道が開けたと思う。だから、アメリカへ言ったことが転機になったかというと、そういうわけではない。

おふくろから離れて、自分の内部のおふくろに対する――これは、ダブルバインドの状態とは違うのですが――道徳の基準、正しさの基準というのが自分のなかにあって、それによって自分で考えて生きるようになっていくわけですね。すると、自分のなかの悪人というものを、いくらか統制できる。悪人は、ずっと今日も私のなかに生きていますが、それとつき合う別の道ができてきた。つまり、同じ問題に違う光が当たったということですね。

アメリカの大学では、ニューディールのときですから、マルクス主義が論じられ、知識人のあいだではかなり強い力をもつようになっていました。しかし私は、いろいろなことを見ていて、スターリンのロシアというのは、権力と正義と両方を握っている――要するに、道徳の基準が、既に権力をもっている――わけで、「ああ、これはおふくろと同じだ」と直観したのです。ですから、私はソビエト流儀、スターリン流儀の共産主義を飲み込むことは、決してなかった。その直観の基は、おふくろのもとで日本で暮した十五年間です。これがトレーニングになった。

独裁主義はいつでも、権力が正義を独占するのです。しかしそれは嫌だ、危ない。とにかく嫌なんだ。それから、その後、日本に帰ってくると――戦争のさなかに交換船で帰ってくるのですけれども――徴兵検査があって、私みたいに私費で敵国に留学してきた者に対しては、懲罰を与えたいという考えが、陸軍の徴兵官には初めから働いていた。そのとき私は既に胸に異常突起が出ていたし、その前三、四年間、結核で喀血もしていた。その突起は圧すと痛いし、やがてそこから膿が出てきてカリエスになった。よく調べればわかるのですが、罰を与えようという強い動機があるから、「合格！」と言うんだ。

情けない気がしましたね。どうしたらいいものか。しかしさすがに、甲種ではなかった。召集待ちの状態。少し待っているうちに召集がくる。どうも陸軍より海軍のほうが文明的な気がしたので、ほんとうにそうかどうかわからないけど、私は海軍に通訳として志願したのです。

通訳というのは、ドイツ語の通訳です。アメリカの大学では、英語は別に外国語ではないから、ドイツ語をやっていたのです。当時日本は、日本とドイツとを三つの方法でつなごうとしていたのです。一番目は潜水艦です。潜水艦の基地は、当時、ジャワにあった。もう一つの方法は、封鎖突破船という快足の貨物船で、大砲も積んでいた。速射砲ですね。兵隊も積んでいますから、ある程度の戦争はできる。

そいつに乗ったのです。英語でいう blockade runner、封鎖を突破するための快足の武装貨物船です。そして三つめは飛行機です。飛行機で、ドイツから日本に飛ぶ、日本からドイツに飛ぶという計画を立てていた。しかしこれは失敗しました。実現していません。

海軍に入ると、ジャワのバタビア在勤海軍武官府に送られたのですが、ジャワ島全体は陸軍地区です。そこに、海軍事務所が置かれていた。百人以下でしたが、そこに勤めていた。身分は軍属。私は、前に言ったように小学校しか出ていませんから、低い身分です。軍属には、中将待遇まであるのですが、私はそのいちばん低いところだった。

軍隊にいると、非常に孤独です。そのうちに、胸の異常突起から膿が出てきた。南方というのは、結核に悪い環境です。海軍病院に入って、その突起を削るのです。私は、いまも胸に穴がありますが、これが痛い。その頃、薬が少なくなっていたから、表面的なわずかな麻酔しか使わないので、ものすごく痛い。手術が終わって、私は軍医からたいへんほめられましたね。つまり、普通にはそういうふうに我慢しないものだっていうのです。そのときに私は、「ああ、おふくろから助けられた」と思った。つまり、生まれたときから、打《ぶ》ったり、殴ったり、縛ったりされているから、生まれついてのマゾヒストなんだ(笑)。だから、グーッと我慢するということが、体の中にある。

前に言ったスターリンのロシアについて、これは絶対的に飲み込まないというポジションを取ったのも、おふくろのおかげ。それから海軍病院の手術で軍医にほめられたのもおふくろのおかげ。二度手術をして、結局本土へ送り返された。軍隊にいたときはとても孤独だった。自分の内面の言語は英語なのです。とにかく、日本での教育は小学校だけで、高等教育はアメリカ、大学もアメリカで卒業した。そういう状態だから、何を考えているかが軍部に知れたら、もう終わりだった。

私は、「この戦争は絶対に日本が負ける」と思っていた。日本がやっている戦争が正しいとは思えなかった。ナチスとの同盟者ですからね。しかし「この戦争は正しくない、そして、近いうちに必ず負ける」などと公言すれば、それだけで捕まって重営倉入りですよ。

私と同年輩でも、海軍兵学校なんかの出身だと、小さい海防艦か何かの艦長になっている。彼らは死を見ることが平気で、生を見ることと同じなんです。そういうのを見ると、「ああ、すごい！」と、なんか脱帽する気にもなる。自分が、反戦思想をもっているというのが非常に罪悪な感じで、ひとりで寝ていると、ワーッと全部吐き出してしまいたいという感じに繰り返し襲われるのです。しかしそれを抑制しつづけるということ――これがまた、おふくろが私に残したものなのです。

要するに、私はひとりの悪人として平然としているということに、子どものときから慣れていたんです。子どもにしてみれば、世の中に悪人はいっぱいいる、しかし悪人の連帯が大切だなんて、そんな考えはない。おふくろにガンとやられて、叱られているとき、子どもの悪人は孤独なんですよ。それでウワーッとキレるっていうのか、そういうふうになったらおふくろを撲殺するということになるかもしれないけれど、私の場合には、おふくろに手をあげるということはできないから、自殺して、死体をおふくろに突きつけることが最大限の反逆です。

だが、そのおふくろが、私に重大な贈物をしてくれていたわけです。思想的な。だから、光の当て方が違ってきたでしょう。スターリンのロシアに対して、周りにそういう人がいても同調しない。だいたい、マルクス主義による共産主義というもの全体に対して頭を下げない。その根本的な立場というのは、おふくろの賜物ですね。つまり、同じ関係に光を当てることから生じたものなんだ。

海軍のなかで、マゾヒストとして孤独を守ることができた。二度の手術を超えることができた。それから、人を殺したくないという戒律は守りとおせた。いずれも、おふくろの賜物なのです。

Ⅱ

徳永進に私が初めて会ったのは、大阪天王寺公園の中です。徳永はそのとき京都大学の一年生。大阪天王寺公園の中に掘っ立て小屋が作られていて、その掘っ立て小屋全体にハガキが貼り付けられていた。その中に、大学一年生の彼がいた。「このハガキは何ですか」と聞くと説明をする。そういうことをやっていた。

「変わったやつがいるなあ」と思った。彼は鳥取出身ですが、自分の県から出て岡山県の長島愛生園というライ園に強制隔離されている人が故郷に送ったハガキを集めて、それを掘っ立て小屋に貼っていたのです。強制隔離は基本的に間違っているという運動です。現に新薬プロミンが出てからは、治ることがはっきりしていたわけですからね。ただ、後遺症が残っているというだけだったのです。それを強制隔離するというのは、根本的に間違っているという考え方の反対運動でした。

この徳永という人は、一九七〇年以来のつきあいになりますが、いま鳥取で医者をやっています。その頃はまだ若かった。はたちそこそこ。それから二十年ほどのあいだに、彼は青年だったときに立てた三つの理想を、三つとも実現してしまった。一つは、高校生だったときに友だちだった女性との結婚。これは偉大なことですよね。細君は看護師になった。

もう一つは、鳥取県の自分の家の近くで、昔からの仲間と一緒に集まれる場所、コミューンの家をつくりたいと思って、これをつくった。それも、自分たちで労働したり、設計したりして、作っちゃったんです。「こぶし館」というのですが、なかなか快適なところで宿泊もできるように作られている。ちょっとした会合はじゅうぶん開けます。

三つめは、ハンセン病の強制隔離は不当であるという訴え。これがついに実現したのです。山が動いた。厚生大臣が謝罪し、強制隔離の法は廃止されました。

前半生で三つとも実現したのです。率直に言ってこの人は偉人ですね。

ところで、こういう話になると、あとが恐い。毛沢東だって、終わりはよくなかったでしょう？ どういうことかというと、NHKテレビが、徳永を主人公にして十二回か何かの連続ドラマを作ったんです。主人公は、平田満だった。でもそんなことをしたら、彼は鳥取で一級名士になってしまうでしょう？ 偉い人は偉い人の格好をしなきゃならない。これは、徳永のためにまずいことになったなあと、私はそのテレビをずっと見ながら思ったのです。

ところが徳永はその罠を、巧みに離脱した。これは驚きだった。いろいろなところで徳永は講演会などに出ていますが、ハーモニカを吹いたり、歌を歌ったり、小咄をしたりと、いろいろなことをやって自分を道化にするのです。彼はいまも医者を続けていますが、この最後の段のテクニックがすごい。

偉い人は偉い人のような顔をしなければいけない、というのは罠なのです。どうしたら、その罠を離脱できるか。お母さんという人が、子どもにとって偉い人になってしまったら、もう罠に入ってるんですよ。この罠から離脱するのは難しい。

徳永は、『ちくま』という雑誌に、「なかよし時間」ということについて書いています。これは、死ぬ前に「なかよし時間」をもたないと、なかなか安らかに死ねないという問題です。彼は、自分の立ち会ったいろいろな人の、臨終直前の「なかよし時間」の例を書いている。この中に、こういうことが書かれている。

死ぬということに、「イエス」というスイッチを押すには、和解ができあがっていないと難しい。金銭のトラブルで商売に失敗して逃げ回っている息子を、勘当した七十代の父親がいた。癌の末期で、「借金の返済は、ワシの生命保険を使ってくれていいから」という気分になっていた。しかし、そのメッセージを伝えることができなかったのです。息子がどこにいるかわからなかった。結局、息子は現われず、死ぬということになってしまった。「イエス」のスイッチは、押されることなく、亡くなった。つまり、「なかよし時間」がもてなかった。

Ⅲ

私は、おふくろとの間に述べてきたような関係が生じて、これが私の生涯の問題になった。おふくろは昭和三十一年、一九五六年に亡くなりましたが、おふくろは、常に私のなかに生きています。正義の権化ですから、「正義もほどほどにしてくれよ」という対話は、私のなかで常に成立しているのです。それも、正義の勇み足じゃないかと。正義の権化みたいな人とは、なるべく深くつきあわないようにしようとか、いろいろなことを考えながら生きてるんです。それが、私の哲学なのです。そういう意味で、おふくろとの関係は保たれている。ある程度、友好的、和解的に対話しています。それが、自分の底にあることは疑いない。

親父との関係についていえば、とにかく私は二十歳で軍隊に入ったから、金銭関係はそこで切れているのですが、親父にはいろいろ困ったことがあった。自民党の代議士として、わずかの間ですが、大臣にもなっている。こういうのとはとうていつき合いきれないので、私は十数年家を出て、とにかく家の敷居はまたがなかった。私は、親父を軽蔑していました。だいたい学校の成績がいい人は好きじゃないんですが、どうもそれは私の親父体験からきているのです。親父は、一高英法科の首席で、それが生涯の誇りでした。

私は長く生きてきていくらかの仕事はしたのですが、やった仕事のなかで最大の仕事は、『転向』の共同研究(全三巻)です。これには八年かけました。なぜその研究をしようと思ったかというと、戦争中、ジャワにいた一九四二年二月にパッとひらめいたのです。

どういうことかというと、大正時代に自由主義者、平和主義者として名の通っていた人が、その頃には全部、鬼畜米英の旗を振っていた。「こんなことって、外国でもあるのだろうか。比較研究をしてみよう」と思ったのです。国家・権力が現われて以来、必ず個人の思想とのせめぎあいがあった。だからローマが成立してからの世界思想史として、偉大な人の稜線を描けるのではないか。つまり、ずっと山に囲まれていますから、山の上の三角点だけで見ると、ぜんぜん違う世界思想史を書ける糸口があるのではないかと、そのときパッと浮かんだのです。

同時に、自分はいまからわずか六か月前は大学生だった、そのときにもっていた理想からすると、いま、海軍の軍属としてずいぶんずり落ちたところにいるなあと思った。「オレ自身のポジションは、転向者のポジションだ。そして親父は、昭和の初めには自由主義者で自分の政党を作り、張作霖爆殺に反対して国会で総理大臣を弾劾する演説もした人なのに、ズルズルとずり落ちて、いまでは大政翼賛会の総務として、議会のなかでその指揮を取る側にいる。自分もその末端に連なっているのか」という思いでした。

転向を扱うときに、まず、同時代の転向を、大正、昭和、現在まで書こうと思うのだけれども、剣《つるぎ》を手にとって、まず後ろに回してグッと突き刺して、自分を貫き通して、切っ先が出たところで親父にピタッと貼り付いて、余った切っ先で親父を刺そうという、そういうモデルなのです。それが剣士の礼儀だと思います。

自分をカッコに入れて、「あのやろう、転向者だ」「裏切り者だ」とやって、ワアワアやるのがあるでしょう？　そうではないスタイルをつくりたいと思ったのです。この『転向』全三巻は平凡社から出ていますが、三キログラムはある重いものです。しかしこの大冊三冊が出してみたらすごく売れたのです。三巻合わせて十万部は出ていると思います。いま、増補版の次の新版が出ています。

この上巻が出たのが一九五九年です。この頃から、日本共産党から離脱した新左翼の連中がこれを使って、「なんだ、日本共産党は戦前から活動していたとかいって威張っているけど、転向じゃないか。こいつら」と言って、共産党攻撃に使ったと思います。それはわれわれ著者にとっては、意図せざる使われ方、意図せざる帰結だったのですが、しかし、実際に一九五九年から六二年までに出たものは、そのように使われた。

若い人たちは、自分たちには転向体験がありません。だからこういうふうにして、自分を刺して、ピタッと相手に密着して、切っ先余れば……というような文体なんて、考えてもいないでしょう。ボカーンと殴ってしまう。「なんだ、オイボレ！ ボカン！」という具合に。そういう道具として使われたと思うのです（ため息）。本意ではないのですがね。

でも、この転向研究が、今この年齢になって振り返ってみて、自分の生涯の最大の仕事であることは確かです。そうすると、親父の生涯が、私の最大の仕事の基になったのです。私は、親父を軽蔑していますが、それが自分の仕事の基になっている。

私は、十数年間、まったく家の敷居をまたがなかったのですが、親父は一九五九年に病気で倒れて、その後は口が利けなくなります。十四年間、寝たきりになったのです。その間の親父の世話は、私の姉（鶴見和子）がひとりでやった。その意味で、私は、私の姉に対して恩義があるのです。

ところが、姉は大学の教授をやっていまして、博士号を取るためにアメリカに行くことが必要になった。親父の面倒を見る人がいなくなるというので、私は十数年ぶりに親父のところに戻ったのです。で、パッと対面したとたんに分かった、表情だけで。親父は口は利けないけれども、頭ははっきりしていたのです。言語の発話ということと、頭の働きとは別個のものです。

私は、長年月――十五歳ぐらいからですから長いあいだ――親父を軽蔑し、憎悪して暮らしていたのですが、親父は、ひとりで倒れて、そうやって寝たきりになっても、私を軽蔑したり憎悪してはいない。それが、一瞬のうちにわかった。で、親父と私の喧嘩は、個人的なレベルで言えば親父の勝ち。まったく個人的な関係としてですよ。公人としての関係はまた別です。公人としても親父が勝ちというのだったら、『転向』三巻を全部絶版にしなければいけない（笑）。

人間関係では、より深く愛する者が勝つ。最後の段階で、親父と私との間には、徳永進のいう「なかよし時間」が成立したのです。親父は、欺瞞的な政治家ですから（笑）、私が親父の面倒を見ている間に、「べ平連」の運動が起こり、脱走兵援助の拠点として、私はその家を使ったのです。イントレビットからの最初の脱走兵とも親父は握手をしています。脱走兵と知ってですよ。自分は、生まれてからいっぺんも自民党に入ったことのないような顔をしていた（笑）。それは頭がはっきりしている証拠で、いかに欺瞞的政治家として自分をまっとうしたかがはっきりしていますね（笑）。

かなり以前、岩波の雑誌『図書』で長田弘と対談したときに、「親父との無茶な対立があった」と、ちょっとしゃべったんです。そうしたら新潟の引退した医者が、私のところへハガキをよこしまして、「親父との無茶な対立秋灯し」とあった。「秋ともし」は俳諧の季語です。私は、びっくりした。「親父との無茶な対立秋灯し」でフワァッと風景が広がるでしょう。「秋灯し」というのは、一年の秋でもあるけれども、人生の晩期ということも示唆している。この人は引退しているのですが、医者としての最後の日々に俳句を読んでいたのです。職業的な俳人でもなんでもない。「ああ、俳句って、こういうものなんだ」と思った。俳諧の力というのは、たいへんなものです。このハガキをもらって、俳諧の力に目覚めた。驚いたね。

Ⅳ

こういう飛び飛びの話をしていると、何の話をしているかわからないように思われるかもしれませんが（笑）、もう一回、話を飛ばしましょう。

小説の始まりに、ロマンピカレスク（roman-picaresque）というものがある。悪漢小説。ロマンピカレスクの文学史に残る最初の作品は、一五五四年の作者不詳の『ラサリーリョ・デ・トルメスの生涯（La Vida de Lazarillo de Tormes）』（岩波文庫）です。これがロマンピカレスクの始まりで、頂点に達するのがセルバンテスの『ドン・キホーテ』です。これは、ヨーロッパの文学史、ことに小説のほんとうにピークです。これを唯一の小説と考える立場があります。

カルロス・フェンテス（Carlos Fuentes）というメキシコ人の作家が書いたものに、悪漢小説というのはたいへん重大なものだという指摘がある。悪漢小説では、創造性というもの、想像力が作者を通してずっと展開していく。その想像力の進路を途中で変えていく。読者もまた、それに参画して変える、あるいは別の読み方ができる。これを、悪漢小説は作り出したというのです。小説自らの創造性を疑う創造性を作り出しはじめる。

この意味で、たとえばその対照としての、ホメロス(Homēros)のオデュッセウス(Odysseus)などとはまったく違うのだと。ホメロスの『オデッセイア(Odysseia)』だと、オデュッセウスが難破したというのは、一つの疑わざる事実であって、「いや、難破はしなかったんじゃない?」なんていうふうなことは、その文句の中から引き出せないというのです。事実を語る、という語りですね。

ところが、悪漢小説は違う。これは、科学のたとえでいえば、われわれの同時代人である数学者のノーバート・ウィーナー(Norbert Wiener)。彼は十四歳でハーヴァードへ入り、十九歳で出たかな? 博士号もすごく早く取っているような人間です。ウィーナーは自伝に『Ex-Prodigy(元神童)』という名前をつけているけれど、インファント・プロディジ(infant prodigy)というのは、だいたいつぶれてしまう。だいたい駄目になるのだけれども、ウィーナーは残った。初めは弾道の研究をしたり計算機の研究をしたりしていたのですが、やがて隣の大学にいた、メキシコ人の生理学者ローゼンブルス――世界で最初の循環器研究所をメキシコに創った人物です――と共同研究をはじめて、循環器もまた、血液そのものが状況によって変化すること、コントロールすることを発見する。鉄砲の弾も、素朴な鉄砲の弾はドンと撃つとそのまま着弾する、というようなものだったのだけれども、自由弾道というか、途中で変化しながら進むことが可能になる――それを、フィードバックと名づけたのですが――、そうした途中で軌道修正ができるようなものの科学を創った。それがサイバネティックス(cybernetics)です。そのサイバネティックスで軌道修正ができるような種類のモデルを、悪漢小説が創ったのです。
フェンテスがそう言っているわけではないですよ。私がちょっと付加価値を加えたのですが、悪人の悪人性が変わっていく。つまり、いままで私がお話しした、「転機はなかった」ということ。おふくろは正義の人で、それに対して私が悪人としてミミズであったころから対抗してきたわけですが、その悪人性が、光が当たることで少しずつ変わっていく。つまり、それが悪漢小説なのです。私なりの悪漢小説の筋書きを、いま、お話ししているわけですが、それが私の内面の生活であり、私自身の、私ひとりしか立てない私の哲学のなかでの支えの場面なのです。

V

もういっぺん話を飛ばします。「べ平連」についてです。信州出身の高畠通敏という人物がいました。彼は、ちょうど二十歳のときから私のところへ来ていまして、さっき申し上げた、「思想の科学」の『共同研究　転向』の仲間に入ったのです。極めて頭のいい男でした。東大の一年のときから秀才として聞こえていて、東大は助手に採ったのですが、助手論文を書かない。その一方で『共同研究　転向』の論文を二本も書いているものだから、丸山真男が私のところに、「高畠は秀才だから、これをつぶさないでくれ」と頼んでくるほどでした。おおいに『共同研究　転向』の支えになったわけですが、結局は、そのために東大に残るのを棒に振ってしまった(笑)。

彼が、あるとき私のところへ電話をかけてきた。六〇年安保のときから一緒に行動していたのですが、運動が衰退して、「声なき声」というグループの集会に人が七人くらいしか来なくなったときがあった。そのために、ベトナム戦争の、アメリカによる北ベトナム爆撃に限定して、これに抗議するところから、新しい出発をしようと提案してきた。それが「ベ平連」の最初です。だから、もともとは高畠の提案なのです。私が付加したのは、代表を新しくしよう、六〇年安保のときに指導者でなかった人を代表にしよう、それには小田実がいい、ということでした。

私は、小田とつき合いはなかったけれども、ちょうど西宮にいたので、電話をかけたのです。そうしたら、電話一本で、「やる」と言うのです。その後、東京に出てきて、新橋の向こうの喫茶店で、高畠、私、小田で会ったのですが、小田は、そのとき既に汽車の中で最初のビラを書いてきていた。びっくりするような男でね。彼は、三十そこそこかな。それで全集を出していた。「全仕事」というのを。だから、収入は非常にあった。だがポケットを全部引っくり返してしまうようなスタイルをもっていた。金は、全部、運動に入れちゃうんだ。

小田は、予備校の教師だったけれども、彼のところへ集まってくる十九、二十歳の若い人には、そのスタイルがわかるんだ。進歩的知識人とはぜんぜん違うというのがわかるんだね。ドンドコ、ドンドコ運動が大きくなって、東京だけで十万の市民デモをつくれるし、全国で百万を超えたでしょう。

支えている者としては、ほんとうにまいった！　ベ平連の八年間は、つらかったですよ。私は、演説をするのは好きじゃない。相手が一人だと熱弁をふるうんだけど（笑）。

で、ついに国際会議をやった。京都国際会館が貸してくれた。なぜ貸してくれたのか(笑)。あそこは、借りられるようなところじゃない。もともと京都市長だった高山義三というのがいたんです。戦前・戦中はなかなか立派な男だった。権力に抗して裁判をやって、無実の罪を晴らしたり、いろんなことをやっている。敗戦後も、社会党と共産党の推薦で市長になった人物です。その後だんだん自民党に変わっていったけれども、それでも彼のなかには、「俺は単なる営利目的の人間じゃない」という魂が残っていた。で偶々、あのとき彼が国際会館の館長をしていて、そこに訴えることができたんだ。頼んだら貸してやるっていうんですよ。

それは、私個人の信用というよりも、そのときに名前を出してくれた三人、桑原武夫、奈良本辰也と、松田道雄が連署してくれたお陰です。桑原さん、奈良本さん、松田さんの信用が大きかったでしょうね。

金も全部自分たちで集めた。べ平連というのは、別にどこかの傘下団体ではない。まったく自分たちのポケットから出してやってきたものです。いろいろな国から人が来て、国際会議をやった。その連中と一緒に飯を食う場所に、会議のあとに移動するのに、偶然、私はタクシーでフランス人を割り当てられたんですよ。私はフランス語が苦手でね。さっきもドイツ語の通訳をやったと言いましたが、それはできる。でも、フランス語にはコンプレックスをもっていた。

というのは、私が最初に京都大学助教授になったときの講座は、フランス思想史、フランス文化史というものだった。私は、ぜんぜんフランス語を知らないで、その席に座ったんだ。というのは、教授が桑原武夫だったからで、ほとんど詐欺か犯罪行為です。悪人の身の処し方としてはよかったのかもしれないが、困ったなあと思いましたよ。

京大へ行ってから、桑原さんに習って、いくらかフランス語は読めるようになったけど、しゃべるのはまったく苦手でね。ところが、私と一緒にタクシーに乗ったフランス人は、英語を話した。移動の時間は五分くらいだったけれど、その間に、小咄を一つ、英語でしゃべってくれた。

「ペテロが暴徒に殴られて失神した。魂がフワーッと天国へあがった。天国はいいところで、きれいな女の人が出てきて、酒はうまいし、「ああ、いいところだ。一日も早くここに来たい」と思った。しかし、殴られただけなので、そのうちに我に返って、それからペテロは、一日も早く天国へ行きたいという一心で、頑張って、頑張って、最後は逆さづりの刑に堪えて死んだ。また魂が、グーッと上にあがって、見慣れた、同じ天国の門に着いた。門番の顔も見慣れたものだった。

ところが、きれいなネエチャンは出てこないし、酒も出てこない。ぜんぜんあてが外れてしまったので、門番のところに戻って、「どうしてこんなにひどいんだ。索漠たるものじゃないか」と言ったら、門番が「前の時は、あなたは観光客だった」と言ったんだって」(笑)。彼は英語を使うので、最後の言葉を覚えているのですが、"Then you were a visitor" と。

それから飯を食うところでは別れたので、あとは知らないのだけど、それから数年後、日本で新聞を広げて見ていたら、その男がフランスの総理大臣になっているじゃないですか。ロカールっていうんだ。驚いたねぇ。自分で金を出して、そこへ出てきて、別に大物とも認められずにワアワアやっていて、ぜんぜん知らない日本人と一緒にタクシーで移動する。そしてその間に、小咄をひとつ披歴する。「ああ、こういう人がフランスでは総理大臣になれるんだ」と思って、私は、フランスの文化だけではなくて、フランスの政治についても、非常に啓発されたね。

だが、それ以上の問題がそこに含まれている。つまり、その小咄は、悪から切り離された正義など魅力がないということを示唆している。悪というものとまったく無関係な正義の人というのは、そうとう魅力のない人です。常に悪との交渉があり、自分の内部で悪人とのつき合いのある人。そのほうが、いくらかましです。

私は、いまも生まれたときと同じように悪人ですが、自分のいましている悪事というのは、ゴーフルを食べるくらいのことはやっているけれども、十～十五歳までにしたようなことは、やっていない。悪というものも変わってくる。しかし、悪人は内部にいる。悪人と手を切った正義の人には、断じて、死ぬまでなりたくないというのが、私の理想です。それが、ロカールの小咄についての、私の解釈です。

VI

次は私の哲学にとっての、二つめの問題について。それは、こういうふうにして生じたものだった。バタビア在勤海軍武官府にいたときのことです。全島が陸軍地区のなかにあって、海軍関係の仕事は全部その武官府を通ることになっていた。インド洋で海軍の水雷戦隊が、オーストラリアの貨物船を捕獲するということがあった。司令官は中将だったのですが、民間人であれ何であれ、艦隊のかたちを見た以上、捕虜は全員死刑にしろと言うのです。殺せと。これはそうとう無謀なことです。海軍で中将まで昇っても、国際法というのがよくわかっていません。そんなこと、できるはずがないのです。

捕虜のなかに、ポルトガル領ゴアの黒人が一人いました。私は、ポルトガル領ゴアなんていうのがあることさえ、そのときまで知らなかった。ポルトガルは、そのときファシスト国家であり、日本の友好国です。敵国ではなかった。そこにいる黒人なのだから、有色人種の解放ということを日本政府が唱えている以上、殺す理由は何もないじゃないですか。

彼が病気になったとき、病院に連れていって治してやるといって騙したんです。殺すということになり、その命令が私のすぐ隣の部屋にいる男に下ったのです。彼は、その夜帰ってきて、非常に参っていたね。黒人は治療をしてもらえるというので、非常に喜んだわけだが、彼は薬と称して毒薬を与えた。そして、約束されたところにいくと、もう陸戦隊が穴を掘っていた。黒人はまだ生きていて、苦しくてグウグウ言っていた。それで、生きたまま穴に入れて、まだグウグウ言っているからというので、ピストルを撃ち込んだというのです。

とっても嫌な体験だと言っていた。そして、これが重大な問題を私に残したのです。

当時、軍の機関ではアヘンを売買していた。みなアヘンを入れたタバコなんかを飲んで、愉快にやっていた。私は、もし自分がそういう命令を受けることになったら自殺しようと思って、その残っていたアヘンを私は盗んで、ガラス瓶に入れて持っていたのです。そして、命令が私に下るとしたら、それをもって便所に入って——これは旧オランダだから、鍵がかかるようになっていたんだ——その中でそれを飲んで自殺しようと思っていた。だけど、そうしたチャンスはこなかった。

私は、自分の知る限り、誰も殺さないで終わった。だけど、哲学の問題としては、それは残る。もし、私に直接上司から命令が下ったとしたら、私はどうしただろうか。私は、反戦主義者だから、まして この戦争を正しいと思っていないわけだから、事務はするが、殺人には関与しませんと言ってはっきり断ることができたかという問題なのです。

実際にその事件は起こっていないのだから、「できた」と百パーセントいう根拠はない。できただろうか。その問題は戦後ずっと、長い間、自分のなかにあったのです。それが哲学的な問題なのです。

結局、ずいぶん経ったあと、私は自分なりの回答を得たのです。それは、自分がなんとなく恐さに屈してそのゴアの黒人を殺したとした場合、そのあとどんなに遅れても、「私は人を殺した。人を殺す事は悪い」と、この二つを一息で言える人間になりたい。「私は人を殺した。人を殺すのは悪い」。これを一行で言う。それが、私の達した回答です。

Ⅶ

私は、現在、モウロクのなかでも残る思想を信じています。これは、もともとのヒントは、ある作家からもらったものです。長編小説を書いているとき、うまくいく場合は、寝て、起きたとたんにパッとひらめくものがあって書き続けられるというのです。これは、面白い思想です。寝ている間に、脳が働いてくれているのです。

同じようなことが、バートランド・ラッセル(Bertrand A. W. Russell)の自伝的なエッセイのなかにも書かれている。彼は、初期は数学者だったのですけれども、依頼を受けた場合、だいたい自分はこういうふうにできる、つまり新しい意見を云うことができる、とパッとひらめいたときには引き受ける。そして、ひらめいたとたんに、できるだけの計算をしてしまう。そして、くたびれたあるところで止める。そのあと、講演の直前になって、もういっぺんその計算を見てみると、もうその間に問題は解けていて、その先はスルスルと書けるというのです。

要するに、忘れている間に脳が働いてくれているんです。河合隼雄がよくつかう、小人が働くという譬えはそれです。無意識のなかにあるものの働きです。

モウロクのなかでも、働いているものがある。私の親父は、言葉をしゃべれなくなっても、頭ははっきりしていた。ただ、時間がかかるので厄介です。三時間ぐらいこっちがしゃべって選択肢を示すと、親父が、イエス・ノーを表情で表わす。だから、親父の思想がこちらに伝わるのに、時間が長くかかる。しかし、それだけのことなのです。

ですから、脳は、言葉がはっきり言えるとか、文字を書けるとかという以上に深い働きをもっている。そのことと関係するのですが、言語中心の教育、あれは間違っていると思いますね。日本の学校教育は、基本的に間違った道を歩いていると思う。どこが間違っているかといえば、自分で問題を創って、自分で問題を解くということはいちばん根本のことなのですが、それを小学校一年に入ったときに、取り上げてしまうんだ。「問題をつくってごらんなさい」なんて言わない。小学校で言わないだけでなく、小学校、中学校、高等学校、大学でも言わない。それだけ長い間、暗渠に入れられてしまったら、自分で考える力はなくなってしまう。脳天に追撃を加えられた状態で大学に入り、大学を出るでしょうね。それがインテリというものです。まあ、大学に入る頃になったら、もう手遅れですね。

さて、そういう手遅れになった人たちが、自分はインテリだと固く信じて、自分の親やお祖父さんなどに対すると、「モウロクした」と言って、排除してしまう。姥捨て山的に。しかし、モウロクのなかに残存する思想というものがあると思う。既に、モウロクのなかにたっぷり浸かっている私にとっては、あの戦争というのが、私のなかに残存しているものです。

五歳のときだったかな、うちに来た号外に、「張作霖爆殺」と大見出しで出ていた。写真も出ていた。周りの人間が、皆、「これは日本人がやったんだ」と言うから、「日本人」というのは恐ろしいものだなと思ったものです。そのときからずっと、戦争、戦争で、すごく嫌なものだと思っていた。そして、最後は、お話ししたような状態、マゾヒストであることでかろうじて自分の業を守ったのだけれども、それは消えないですよ。

ですから、私のなかにあるのは、「南京虐殺はしないでくれよ」というものです。これが、モウロクのなかから湧き起こってくるひとつ覚えですね。「南京虐殺をしないでくれよ」と言ったら、優秀な官僚とか、優秀な——たいして優秀でなくてもいい——大学教授が、「ええ？　それは、六十年以上も前に起こったことですよ」と言うに決まっている。

「南京虐殺をしないでくれよ」

「そんなことは、六十年以上も前に起こったことですよ」

「南京虐殺をしないでくれよ」

「それは六十年以上も前に起こったことですよ」

このかたちは、私はキリスト者ではないが、聖書の讃美歌集の終わりについている交読文ってあるでしょう。あの形なのです。

昨日、止めていただいた宿屋には、山が迫ってきていた。それで思い出したんです。「われ、山に向かいて目をあぐ。エホバはわが牧者なり」と、その交読文の形になっているなと、モウロクの底から思った。

私の親父が、「ああ玉杯に花うけて…」を、失語症になってからもよく歌っていたんだ。歌は歌えているんですよ。一高の首席であることは、そんなに愉快だったんでしょうね。私は、逆に戦争がこびりついているから、いま言ったような交読文があるんです。

「南京虐殺をしないでくれよ」というと、少し前のことですが、総理大臣がそれに対応するかのような発言をしたじゃないですか。

「南京虐殺をしないでくれよ」

「日本は天皇を中心とする神の国であるぞと、国民の皆さんに納得していただく」

うまく、ピタッときたんだ。これは一種の奇跡ですよ。

「日本は天皇を中心とする神の国であるぞ」

「南京虐殺をしないでくれよ」

これは無限に続く。で、ボケた老人としては、ひとつのことだけ言えばいい。

「南京虐殺をしないでくれよ」

これは、無限に続くのです。交読という形式です。

だけど、翻ってみて、モウロクしていない部分で記憶を掘り起こしてみると、前に似たようなことを聞いたことがある。私は梅棹忠夫がとても好きで、常に啓発されてきましたが、最初に会った一九四九年以来のつき合いなんです。彼が、あるとき言ったんですよ。「日本は神々のくにであるということを、忘れないようにしたい」と。これは、総理大臣が言った「日本は天皇を中心とする神の国であるぞ」ととても似ているように見えるでしょう？　だけど、梅棹の言う意味は違うんだ。彼がヒントを得たのは、ウォルト・ディズニーの砂漠の映画なんだ。あのなかにいろいろな生き物が出てくるでしょう。あれを見て、「アニミズムというものは、そんなに浅い、未開の思想ではない。重大な思想なんだ」と。梅棹は私にそう言ったんですよ。それなんです。ですから、「日本は神々の国だ」というときの国は、国家ではない。そんなものがあるわけないいんだから。「くに」というのはひらがなの「くに」です。「くに見をする」という「くに」。

そうすると、その思想は、仏教よりも、キリスト教よりも、マホメット教よりも前からある、人類の思想なのです。日本だと、『古事記』の初めのところとか、『日本書紀』の初めのところにあるんですよ。同時に私は、『古事記』を全巻通読したのは英語でなのですが、図書館で借りた『古事記』を見ると、いたるところにラテン語が書いてある。それは、チェンバレン(B. H. Chamberlain)の訳なのですが、読むと「『古事記』って、こんなに猥褻なものなのか」と思う。猥褻だから、そこのところをラテン語で書くのです。

私は『日本書記』は、十六、七歳の頃には読んでいなかったのです。数年前に、山田宗睦の現代語訳で、初めから終わりまで現代語で読んでみたら、これもびっくりしたね。天皇とか、天皇になりたいという皇子たちは、実に世俗的で、愚劣な欲望をもっているんですよ。嘘をついて、嘘をついて、人の足を引っ張るんだ。それはまさに小学生だったときの私の手口です(笑)。

私は、学校の勉強なんてぜんぜんしなかった。担任の先生が、皆の勉強している時間を当ててみようといって、誰は何時間、誰は何時間といって、「鶴見君は、二時間ぐらい勉強してるかね?」と言ったんだ。私は黙っていた。〇時間なのです。だから、成績もビリから六番目ぐらい。ビリにはなかなかなれないもんでね。ビリになるには、才能が要るんだ。ビリになった人は、私のつき合いのなかで一人しか知らない。それは、久野収(笑)。旧制高校というのは成績順に人を並べるでしょう? 自分のうしろにもう一人いるから、「君はなんだ?」と言ったら、「俺は補欠だ」って言ったんだって(笑)。ビリになるって、やっぱりえらい男ですよ。私は、せいぜい退校。三度退校したけど、これはビリとは違う。ビリから六番ぐらいだなあ。

で、小学校にいたときに何をしたか。どうして小学校を六年でクビになったかというと、ずっと悪いことをしていたからなんですが、うちに帰ると、ゆっくり考えて新聞なんかもつくるんですよ。「伸びゆく若芽」という新聞。それで、新聞の番外としていろんなことを考えてね。クラスは、男女共学で男二十一人と女二十一人。誰と誰が怪しいという説を立ててやる。でも、根拠がないと、怪しいという説を立てても通らない。で、学校へ行って、コソコソッと誰かに耳打ちするとバーッと広がるんだ。だいたい昼休みになると、その当事者は大泣きに泣いていた。私は、小学校六年間を通じて、クラスの友だち、四十二人はいるのですが、四十一人を個別的に泣かせた。ぶん殴って泣かせたんじゃなくて、いまの、その方法を使ってね。

四十二人中四十一人というのは、私だけは、誰にも泣かされないから。でも、その代償としてクビになったんだ(笑)。まあそういうのが、日本の皇子たちだったんですよ。それで、天皇になったのもいる。それが、『日本書紀』には、隠すことなく書いてあるんだ。だから、あれが現代語訳になって、マンガでもつけて、小学校のときからちゃんと読ませられていれば、「日本は世界に冠たる神国」とか、「一億玉砕しても国体を守る」なんていうのは、出てこなかったと思うね。

その意味では、『日本書記』なんかがちゃんとあるのだから、まだ望みがありますよ。ほんとう。ちゃんと直視すればね。要するに、国家権力というものに対する疑いを養成する場が、国家の古い書物そのもののなかにあるんだ。まして、その当時の始まりからあるアニミズム。ものそのものが全部神なのです。優れた人、いやそれだけでなく、優れたヘビ、優れたカエル、皆、神なのです。

あるとき、友だちの共産党員がカナダからやってきて、家の周りを案内して歩いていたときのことです。家のそばに、神主はいないのですが村の人がちゃんときれいに維持している神社がひとつあります。柳田國男が『日本の祭』で書いたようなタイプの、昔からある神社です。そこには、昔からの古い木もある。そこで、優れたいい木というのは神なのだということを説明したら、その共産党員、無神論者は、えらく感心してね、「これは偉大な宗教だ」というんです。境内には「金百円」と書いた石碑があって、そこには奉納した人の名前が書かれている（笑）。金も神なんだ（笑）。で、いまはその金の神が優勢になり、金だけが神みたいになっている。それはともかく、日本の古神道のなかには、明治に入り国家が一生懸命氏神を統合しようとしたのだけれども、この神社のようにまだ統合されていないのがいっぱいあるんです。

氏神統合はプロセスとしてうまくいかなかったわけです。しかし、これを大元に戻してやれば、面白い、むしろエキュメニカル(ecumenical)なものになるかもしれない。世界に向かって働きかけ、新しい世界統合を生みだす、そうしたきっかけとなるかもしれない。

Ⅷ

イサック・ディネーセン(Isak Dinesen)という著者がいます。『アフリカの日々』という名作がありまして、そのなかに出てくる話ですが、彼女は中年になって、自分の罪というものを自覚します。では何が罪だったというのか。

彼女は、自分はきちんとした地図をつくりすぎてしまった、自分はこういうふうに生きるのだという段取りを決めてしまい、それに縛られてしまったというのです。自分の未来を、ずっと、きちんとつくるということが、イサック・ディネーセンにおいての罪だったのです。しかし、未来は開かれている。そのなかで、迷うことそのものに意味がある。迷うプロセスにこそ意味がある。そのことを、軽視しすぎたというのですね。

私の場合もそうなのです。あるとき、ローレンス・オルソンという初対面の人間と、喫茶店で話していたときのことです。だいたい、日本人もアメリカ人も表面的なつき合いをするから、根本的な質問をすることはあまりないのですが、彼が五分もしないうちに突然に言ったのです。「How do you explain your failure?(あなたは、自分の失敗をどう説明するのか)」。これは、根源的な質問です。私は、考えてしまいましたね。

で、私が立っているところから見て、いろいろな失敗があったわけですが、いま申し上げたように、第一は母親との関係であり、第二の問題は父親との関係です――このふたつは一束になっているものです。第三の問題は戦争のなかで経験したこと。ですから、最初の質問は根本的な質問だったのです。しかし哲学的に初めのうち十分に考えることができなかった。Failure はそこにあるわけですけれども。

たとえば一九四二年の五月末だったと思うのですが、私は、アメリカでメリーランド州にある軍の収容所に戦争捕虜として拘束されていたのです。そうしたら、役人が来て、「六月十日に交換船が出る。君は乗るか」と聞いてきました。そこでまず選択があったのです。乗るか、乗らないか。そのときに私は、「乗る」と答えた。しかし自分でもその根拠がずっとわからないのです。いまも、よくわからない。なぜ、私は日本に戻って、ここにいるのか。わからない。なぜ、自分は人間としてここにいるのかという問いを自分に向けてみたら、わからないですよ、それは。

で、そのときの考えとして、私は日本が確実に負けると思っているのです。だいたい、自分が考えた予定表からいって、むしろ長くもったんですよ。もうひとつ、正義ではないと思っていたんです。では、どうして帰っていくのか。感じとして言えば、「負ける側にいて、この戦争を終えたい」と思ったということです。なんとなくそんなふうに感じた。なぜ、そう思うのかというと、よくわからないのです。あまり説明しようとして体系をつくると嘘になると思う。だから、そこが failure だったのかどうか、よくわからないですね。

ところで私は、二十世紀の十分の八を生きた人間ですから、二十世紀のほぼ全体を経験しています。そのなかで、日本は、二十世紀のなかでどういう役割を果たしたのか。何が特色なのか。私の答えは、二十世紀において、私の日本史の理解でいうと一九〇五年以後ですが、日本ほど鮮やかに、国民単位で完全な宙返りをやった国民は、世界的にないということです。アメリカ、イギリスはもちろんのこと、ドイツ、イタリアと比べても、日本は国民というユニットで、完全な宙返りをした。いまや、平気で第二の宙返りをするかもしれません。珍しいですよ。二十一世紀にもう一度宙返りするかもしれない。

そのことを、国民も認めたがらないし、知識人も総じて認めようとしない。それを認める学者、評論家はわずかしかいません。だいたいの人は、大正時代には美濃部憲法で高等文官試験に受かっておいて、今度は裁判官になったら美濃部を裁く立場に立って平気で裁いた。美濃部は、好物がウナギだったので、ウナギ丼を取ってくれと言ったら取ってやったという、それぐらいのサービスはする。昔の先生なのだから、「ウナギは駄目です」とは言わなかった。それは、美濃部の自叙伝に書いてある。

国民単位での宙返り。つまるところ、日本の知識人も国民という単位の中にあるのです。国民と知識人とのあいだに、切れ目はない。国民が全体として宙返りをしたのです。国家・政府、陸軍だけに宙返りの責任を負わせることはできません。

戦後、マッカーサーが入ってきたのですが、マッカーサーも日本にヒビを入れることはできなかった。一九〇五年からの国民単位の流れに。なぜ、一九〇五年にこだわるかというと、あのときに初めて、国民による大きな抗議運動が起こったのです。「日比谷焼き討ち」ですね。交番――政府の手先――を焼き討ちして、政府の処置に抗議した事件です。抗議の趣旨は何か。「もっと戦争をやれ」ということです。あれが、「国民の誕生」なのです。

そのように理解する知識人は、きわめて少ない。私は、そのように理解しています。そのなかで自分がどういうふうに動くか。今までにいくつもの失敗はあったと思うけれども、私はこのことを念頭に置いて動いていこうと思う。ひとりの人間として、どうしたら動けるかということが問題です。

マッカーサーは、〝やとわれマダム〟なので、別にアメリカのシステムをこっちに持ってきたわけではない。そもそも、天皇も、文部省も、東大も、アメリカにはない。いろいろ誤解があって、ハーヴァードはアメリカの東大だと思っている人がいる。東大から大蔵省に入ると、大蔵省の金でハーヴァードの大学院なんかに一年留学する。それが局長とかになる、出世の最短コースになるでしょう？あれは、誤解と誤用です。アメリカの大統領でハーヴァード出身というのは、非常に少ないです。戦前ではフランクリン・デラノ・ルーズヴェルト(Franklin Delano Roosevelt)とセオドール・ルーズヴェルト(Theodore Roosevelt)。前にもう一人いたかもしれない。戦後でいうと、ケネディ(John Fitzgerald Kennedy)です。日本だったら、東大出が多数でしょう？ その次が陸軍大学で、その次が海軍大学だ。まったく誤解ですね。

今後どうなるのか。一九〇五年からずっとつながっている流れは、いまも続いています。ただひとつ言える違いは、戦前は、大正・昭和を通じて、東大出の官僚は賄賂を取らなかった。近頃は取りますね。それが違い（笑）。ばれると謝る。謝るのが、型になってますよ。あれはちょっとした違いですが、ヒビ割れというほどのものではない。今後どうなるか。私は同じ困難を背負っていくと思いますね。

これに対して、いくらか別のことをやろうとした人間——幕末でいえば、伊藤博文であり井上馨などですが——は、脱藩してイギリスへ行ったかと思うと、ぱっと取って返してくる。で、下関戦争が始まり、こっちが間違っていると思うと、指揮を取るんだ。人の意見に左右されない孤独な人間だった。日露戦争の終わりまでは、そうした連中が方針を立てていた。山縣の別荘の有隣庵で、外務大臣、陸軍首脳、総理大臣と、皆でもって協議をしている。そのときの顔ぶれは皆、幕末に奇兵隊で活動した連中です。児玉源太郎などは、その中で馬にも乗れずに駆け回っていた人物です。

彼らは苦心しながら、結果のわかった学問を学ぶということではなくて、自分で道を、ミミズのように、自分で状況から問題を受け取って、切り拓いているんです。長い十五年戦争のなかでいえば、中江兆民の息子の中江丑吉がいる。彼は、北京城外にへばりついて、『中国古代政治思想』を書いた。満鉄から何度誘いがあっても、行かなかった。それは、自分が何か助言したとしても、それが全体の流れの中で位置づけられて終わってしまうからですよ。

尾崎秀実、あるいは評論家でいうと林達夫。こういう人たちが書いたものをずっと読んでいくと、やはりいかに孤立しているかがわかります。大きなもののなかに入ってしまったら、その歯車の一部になってしまうということがわかっていた。

それで、戦後になると一変して、「戦争の時代は終わった。さあ、これからは建設の時代だ」とパッと切り替えが起こるでしょう。これも宙返りです。そうした宙返りをする性格の国民をバックにして、われわれは何かをやってきた。新聞だって売れなきゃ困るから、国民をバックにしますよ。しかしそこに問題があるということです。そうした状況のなかで、たとえ自分ひとりであっても、個人として考え行動することはいかにしたら可能になるのか。私は、生まれついての悪人として、この問題を背負ってきました。たいへん難しいと思いますが、それが、いまの大きな課題ですね。それが私の日本についての状況判断で、私はその中で悪人の孤独をたもちたいと願っています。

（二〇〇〇年九月二日、長野県須坂クラシック美術館での講演）

二〇一一年を生きる君たちへ

日本を取り巻く四つの全体主義

今日、話はここから始めたいと思います。これは、折口信夫が詠んだ歌です。

まれまれはここにつどひて
いにしへのあたらしびとの
ごとくはらばへ

これは、折口信夫が松本市教育委員会の前においたブロンズの彫像に刻みつけた歌なんですが、私がとても気にいったので、自分の手もとにある「もうろく帖」に書き写したんです。折口信夫が釈迢空の名前で詠んだ歌は富岡多恵子の『釈迢空ノート』に全て収められているんですが、この歌は詠み人が折口信夫になっているので、その中にはないんですね。だけど教育委員会の前に刻みつけておくのにはとてもいい歌だと思うんです。つまり、昔の人になって新しく自由に思いを巡らせよ、という勧めなんですね。私は『風土記』っていうのはとてもいいものだと思うんですが、この歌は風土記の中の人物になって新しく寝転んで考えてみたらどうか、ものぐさ太郎になってみたらどうかという勧めの歌で、それはとてもいいと思うんですね。まあ、これが今日の話の入り口になります。

さて、今の日本をみてみると、日本は四つの全体主義に囲まれていると思うんです。まず一つ目は、アメリカのティーパーティですね。これは、ベトナム反戦運動が歴史的になかったことにするという運動なんです。つまりベトナム反戦運動とは何だったのかを理解しない人たちが集まってくる。だからそれは一種の全体主義なわけです。それから残りの三つはロシア、中国、北朝鮮ですね。この四つの全体主義に囲まれている日本がこれから何を目指したらいいのか。今進むべき道を見出すことができていない、そのもっとも大きな障害は大東亜戦争というものをきちんと記憶にとどめていないことだと思います。もちろん、日本ではまだティーパーティのような運動は起こっていないですけれどね。

それでいうと、今の状況について、私は司馬遼太郎という人は鋭い勘をもっていたと思います。彼は存命のときに、『坂の上の雲』の映像化を再三断っているでしょう。この作品を映画にして日本の中に投げ入れたらどうなるかということを、実に正確に把握していたと思う。彼が「百年の単位」という文章の中でこういうことを言っています。司馬さんが先の戦争末期に戦車隊の小隊長として栃木県の佐野にいたときの話ですが、アメリカ軍が東京へ上陸してきたらどうなるかということを、大本営の少佐参謀にきいた。東京から難民がどんどん街道をのぼってくる、戦車が動かない。そんな事態のときにどうするのかと聞いたら、「難民を越えて東京へ進軍すればよい」と少佐参謀が答えたというんですね。その時、司馬さんは「もう終わりだ、人民を敵として踏みにじって何が残るんだ」と思ったというんです。このときの国の指導体制に対する不信の感情、それが四十五年間、ずっと司馬さんのライトモチーフになっている。自分は日露戦争の終わりまで筆をとどめる。日露戦争の終わりから違う日本になったという考えですよ。そして彼が最後に書いたのは『街道をゆく』でしょう、これも素晴らしい本ですね。

また、司馬さんは『風塵抄』の「日本に明日をつくるために」という題の文章の中でバブル時代の銀座の土地価格の高騰について触れています。土地が大変な価格になっているわけですが、実際にお金を用意して買って短期間のうちに転売すると、とんでもない利益になる。これはもう資本主義ではない。資本主義とはものを作るために金で土地を買って工場を建てて労働者を雇うということが基本です。アダム・スミスの『国富論』とはもはや関係のない、投機的資本主義になっている。アダム・スミスは元来、倫理学者でモラリストなわけですよ。ただ金をもっているからというだけで、それを投資して資本を拡大していくなんていうのはアダム・スミスのモラルに反するでしょう。そういう指摘を司馬さんはいち早くしていました。司馬さんの指摘から約二十年、それが我々を取り巻いている現在の状況に至った。

こうした現在の状況の根底には、ある共同幻想が眠っていると思います。それは「日本は大国である」という共同幻想ですね。だから今、これからの未来を考えるに当たって、改めて我々の中に眠っている大国主義を掘り起こして考えてみなければいけないわけです。だいだい、日本が大国であるという日本人の自己意識はいったいいつ起こったのか。それを考えてみるときに、ひとつヒントになるのは「抜刀隊」という歌です。これは西南戦争のときに、農民や商人を徴兵して作った政府軍が、士族を中心に結成した西郷隆盛の軍隊に抗すべく、武勇にすぐれた警察官を選抜して臨時に編成した抜刀隊の活躍を歌った歌ですね。その中には「敵の大将たる者は、古今無双の英雄で、これに従う兵《つわもの》は、共に剽悍決死の士」という歌詞があります。こんなすごい歌は世界のどこを探しても見つけることができません。「古今無双の英雄」が何者なのかというと、鹿児島の加治屋町のガキ大将、西郷隆盛ですね。つまりこの歌は、自分たちを鼓舞しながらも、相手の武勇を称えているわけです。だからガキ大将として彼は何年も何年も人々の記憶に残る、それは大変なものだと思います。それでこの加治屋町というのはただの路地なんです。西郷は、そういう路地の中から出てきた人物なんですね。

ここで話を転じましょう。明治時代に大森貝塚を発見したエドワード・モースという人物がいました。その頃はまだ、流行歌も二十から三十年も通用する時代、つまり風俗がすぐに変わるわけではない時代でした。それでモースがボストン近郊から日本に来ていちばん驚いたのが、日本には路地がいっぱいあったということです。路地に入っていくと、年長の子どもが年少の子どもの面倒を見ている。親は男女ともに働いているから、子どもの面倒を見ることはできないわけです。そんな風景はボストン近郊では見ることができないと、モースは大変強い印象を受けたんだそうです。そのことを

『Japan day by day』(『日本その日その日』)という本に書いている。

そういう路地の強さ、そして何年たっても人々から忘れられない「路地の英雄」、つまり西郷隆盛の姿というのは幼い明治天皇にも刻まれているわけですね。明治天皇は一種の温室育ちなんです。明治天皇は後に京都から東京に転居しているわけですが、転居するとなったら薩長は女官達を全員おっぱらってしまって、若い侍を天皇にくっつけたんです。幼い天皇が毎日彼らと会話をかわすわけですが、幼い時だと二十歳やそこらの青年武士というのは格好良く見えますよね。そして武士たちにとっての英雄は西郷なわけです。だから、明治天皇にとってもそびえたつ英雄は西郷隆盛なんだ。この西郷が一党を率いて王政復古が成った。

明治天皇が西郷についてどういう解釈をとったかという文献はないんですが、西郷が自決した後に開かれた秋の菊の宴での言葉が残っているんです。そのときに、明治天皇が一言いう。「西郷をそしらずに歌をよめ」と。この一言はとても重要ですね。つまり西郷が負けたことの意味を知っていたんです。明治の時代に、早々に新政権の堕落の兆候が見えてきている。それに対するいさめる力として、西郷は身をなげうって死んだんだ、と。グローバリゼーションなどと言って今は「勝ちっぷり」ばかりが評価されるけれども、明治の日本にはきちんと「負けっぷり」を評価する物差しがあったんですね。

母語の教育

また話をとばしますよ。時は明治十年です、もう東大はできている。東大をはじめとする大学制度は今日まで続いているわけですが、私は、大学はだめだったと思いますね。日本の今日を招いているのは大学の責任が大きい。つまりヨーロッパの学問の取り入れに終始した。外国語というものを不当に重んじた。日本語の表現をよくするという場が昔も今も、大学の中にない。これは大きな問題だと思います。梅棹忠夫のような稀代の文章家は大学の外で作られているんですね。

たとえばアメリカの例をひくと、雑誌『ザ・ニューヨーカー』のスタイルを作った人に、コラムニストのE・B・ホワイトという人がいます。彼は大学で習った作文の要綱が書かれた本をとっても大切にしていた。そしてE・B・ホワイトのように書けば『ザ・ニューヨーカー』に文章が載るという時代がやってきたときに、彼はその本を復刻するんだ。そのエッセンスと言うのはね、「delete unnecessary words」、つまり不要な言葉を削れということの一言に尽きるんですよ。私も一九三九年、ハーヴァードに入ったときに、文章を書くためのエッセンスが記された分厚いプリントをもらった。その頭にあったのは、「No plagiarism」、つまり盗用はいけない、ということなんです。これは日本の大学で一応は行われていますが、私は大学ができてから百年余り、きちんとした形では一度も行われていないと思うね。名前は出しませんが、現に東京大学法学部の中でだって、京大の中でだって論文の盗用は行われていたでしょう。

そして私がハーヴァードに入学した頃には、大学の必修科目には「イングリッシュA」という科目があった。これは入学試験のときに英語で満点に近い点をとった人以外は、全員とらなければいけない科目だったんです。一学年が千人くらいですが、それをだいたい二十クラスくらいに分割する。それぞれのクラスにチューターがつくわけです。そして一週間ごとに七百五十語の作文を書かせる。それは詩でもいい、小説でもいい、論文でもいい、書評でもいい、伝記でもいい。ファイブ・カインズ・オブ・ライティングといって五つの中から選んで書くものでしたが、教師は次の週の頭までに必ず目を通して返してくれるんです。きちんと赤を入れて生徒に返すんです。だからこそ千人のクラスが動くんですよ。これがハーヴァードのどの学部でも必修なんです。つまりベースは、いかに英語を書くかということにある。だから、外国語習得ばかりを重視した日本の帝国大学とは学問の根底が違うんですよ。

私たちは明治時代以来、ヨーロッパ近代を手本に漢訳仏典を受け皿にして速成学術語とする百五十年の歴史をつくってきた。そして、この新しい日本語の学術語をつくる基礎となったのは、西周なんです。彼は幕末にオランダに留学しているんだ。漢訳仏典をこちらにおいて、欧米の学術体系をすべて基本的な日本語に直した。「哲学」をはじめとして、あっという間にいくつもいくつもつくっていく。その力技は手品のようなものなんです。これをなしえた西周は偉大です。西のやり方は早技には違いない。欧米の学術語がすべて日本語で理解できるようになった。しかし、それは危ない道ですよ。

ともするど、どういう定義の中にその言葉があるのかがわからなくなる。それでいうと、柳田國男は全然違う道を歩いた。もちろん、西周よりはるかに遅れてですが、西が日本語にした言葉は、日常語から作り替えていくのが本来の形だったと考えて、柳田はそうした作業を実際に行ったんです。たとえば「すっとこめかしてどこに行くの」という日常語を学術語にいかせないかと考えたりね。この「すっとこ」というのは受け皿が難しいでしょう、漢和辞典にものっていない。西周の選にはもれるわけです。柳田はそのように、「はじめに言葉ありきではなく、言葉の前に何かがあったんだ」と考えて、実際の言葉づかいとエピソードで「言葉以前の何か」をつかもうとした。たとえばね、大兵肥満の村会議員が雨の降る中を平気で歩いている。こんな雨の中、傘もささずにどうしたんですか？と問いかけると、彼は一言いうんですね。「むこうも降っとる」、と。こういう応対そのものの中に、しぐさの呼吸があると考えた。柳田のやり方では、西のように瞬間の転換のような手品はできないんですけれどね。

もう一ついえば、大学共通試験というのがアメリカにはあるわけですが、それに似たものを導入しようと日本の文部省は一九七九年に共通一次試験をつくりましたね。文部官僚が問題を作る。その政策作りをしたときに文部大臣だったのが、永井道雄です。彼はアメリカで教育社会学を四年やっているんですよ、だから日本の共通一次の試験問題を実際にみて、それがアメリカの試験とは全く違うということはわかっていたはずなんだ。深く考えさせるエッセーの問題ではなく、マークシート式ですからね。ところが彼はＮＯとは言えなかったんだ。それで共通一次試験は今もセンター試験になって続く形になってしまった。

新しい風土記をつくる

先日、ハーヴァードの女性学長が日本に来ましたね。私のころは男しか入れなかったけれど、今は女性が学長なんだ。そして彼女ははっきりものを言うね。ハーヴァードの中には日本人の学生もいるけれど、中国人、韓国人の留学生と比べて存在感が希薄だとはっきり言った。ハーヴァードに入る前に、日本で小学校、中学校、高等学校とやってきている。そのときに受けている教育というのは先生の言うことを要約して高得点をとるようなものでしょう。そういう姿勢が身に付いていれば、おのずと存在感は希薄になるでしょう。

なぜ東大をはじめとして日本の大学がダメかと言うと、東大はキリスト教を受け入れたいわけではない、にもかかわらず、ヨーロッパのキリスト教一元主義を導入しようとした。つまり結果的に、キリスト教抜きの一元主義を受け継ぐ形で大学という制度を百年以上やってきた。ところが、この大学制度のトータルな否定を学生運動というかたちで学生がやりましたね。この五九年からはじまった学生運動の中からは、非常に優れた人間が出ているんですよ。私は彼らを俠客として認めるね。たとえば藤本敏夫、島成郎という人たちを認めます。彼らは幕末でいえば国定忠治や大前田英五郎といった人間だと思う。そして、そういう人は学生の中にいるんですよ。

その時期に限らず、私は学生の中でこれはすぐれていると思う人に何人も会っている。その一人が柴地則之だ。私が同志社のゼミで、「昨日、ロシア人のハンセン病患者が京都のＹＭＣＡで宿泊を断られたんだ」という話をしたら、後で彼がひとりでやってきて、「先生、そういう人が泊まれる宿をつくりましょう。もう土地の交渉をしてきました」と言った。二十歳やそこらの学生にそういうことができるっていうのには、びっくりしたね。彼の運動は着々と進行して、仲間たちとともに、奈良にハンセン病回復者の家を作ることになったんです。その運動は今も続いています。だから日本人が優れていないということではけっしてないんだ。

私は司馬遼太郎さんからヒントを得て、昨年『新しい風土記へ』という本を出しました。「新しい風土記」を作るとなれば、それはどうしたって飛び地になります。藩の制度だって、とんでもないところに藩の飛び地があるわけですよ。日本の国土はこういうものだと定まって考える必要はない。だいたい『万葉集』からいえば、小高い丘の上から見える範国全体が「くに」なんですからね。私のほうから一方的に関心を持っている人に交渉してもらって、対談をしたんですね。この中の人物っていうのはそれぞれ面白い人で、日本人全体がフラットになっているのではないということを示していると思うんですね。ここに出ている人を見れば、ハーヴァードの学長だって日本人の存在が希薄だとはいえないと思う。

たとえば上野千鶴子は面白い人です。彼女は学生として京大にいたときに『黄金郷《エル・ドラド》』っていう俳句集を作っている。十七年前に読んだときには、その俳句に魅せられたんだけれども、改めて読み返してみると違うところが見えてきた。つまり彼女はひとりで立っているように見えて、仲間がいたんだということです。だから今、歳をとってきたときに〝老い〟という問題にも、ひとりで直面することができるでしょう。

そうやって、「ひとりで立つことができる」というのは大切なことです。たとえば、アメリカがイギリスの文学的伝統から独立した最初の文学運動をやった人に、エマーソン、そしてソローがいます。作品を読むとメキシコ戦争に対してものすごく怒っていた。南北戦争のときにも黒人の側に立って、奴隷制度に反対していたね。ソローはメキシコ戦争をやっている政府に対する抗議をして牢獄に入れられましたね。そして、そんなことをやっている政府に対して税金を払わないと言いだした。エマーソンはソローの先生なので牢獄に面会に行く。エマーソンが「牢獄に入って恥ずかしくないか」というと、「あなた、牢獄に入っていないで恥ずかしくないか」とソローが言い返すんですね。一人で反対するということを恐れずに、一人一党として立って、あなたはどうなんだと突きつける。そういうものがアメリカの中に運動としてあった。では、日本の大学ははたしてそういう人をつくっているのか。

日本でそういう活動をやっている人に、医師で、アフガニスタンで医療活動をやっているペシャワール会現地代表の中村哲がいますね。

彼なんかも何があっても一人一党で立つ人物でしょう。ハンセン病回復者の家をつくる人たちもまた、一人一党です、ひとりになってもやる。医師の徳永進がそうです。一九七〇年に大阪で万博がひらかれましたが、その前年に大阪城公園で反戦万博があったんですね。そこに小屋がひとつあって、その前で二十歳くらいの青年が番をしていた。よく見ると、小屋の天井、壁ははがきで張りつめられていて、一つひとつにハンセン病患者の望郷の思いが書いてあった。この小屋の番人が、当時医学生の徳永進だったんですね。今はホスピスケアの診療所をやっているけれど、それからほぼ四十年、彼は当時の志を今も貫いて活動している。昔の『風土記』では、浦島太郎と肩を並べる人々と会って話したいという読後感が私の中にのこった。この人たちは浦島太郎の隣に立っても見劣りしませんよ。

「思考の方法」を考える

今の大学の中で師弟関係が生まれるか、これはよくわからないですが、私は生まれにくい形になっていると思いますね。というのは先ほども言ったように外国語を重視するからですよ。外国語を教わる学生は、数年努力して勉強すれば、ときには教師を追い抜いてしまう。語学というのはそういうものなんです、若い人は吸収が早いですからね。それにもかかわらず師弟関係は、習得するものが職人気質に近い学問の場合には成り立ちますね。たとえば読むことが難しい漢文であったり、あるいは細かいテクノロジーを扱う科目では師弟関係ができるでしょう。だけれども一般的科目では難しいと思いますね。だから生徒のほうが知識を吸収すると逆に教師のほうが恨みに思って、師弟関係が複雑になる場合もあるでしょう。これはこれで濃密な関係とも言えるんだけれども。しかし四方田犬彦の

『先生とわたし』というのは名著だと思いますよ。彼の先生、由良君美は大変な金持ちで、自分の買った洋書を非常に寛容に学生に貸し与えた。それによって生徒たちは力をつけたんですね。四方田のほうが英語なら英語で、あるとき先生を追い抜くでしょう。でも、情報とか理論ではなくて、身をもって何かを提示するということが教師にとっては大事なんだね。

大学がだめだというもうひとつの理由は、大学が基盤となって大国主義を下支えしたことです。大東亜戦争のときにこれに対し得た人っていうのは本当にわずかですよ。矢内原忠雄、南原繁、河合栄治郎というふうにわずかな人しかいない。渡辺一夫という人は大変にできた人で、二・二六事件のあたりから、決して軍国をサポートするような著書は書くまい、といって『ガルガンチュワとパンタグリュエル』の翻訳に打ち込んだ。それでも東大の空気に耐えられなくなって、山形県新庄に疎開していた串田孫一に手紙を書くでしょう。もうやっていられない、あなたのやっている塾の管理人にしてくれないかと手紙を書くんですね。串田は当時の空気を察知して、いち早く東大から逃げてしまっているんだ。そういうわずかな例外以外は、大東亜戦争に巻き込まれて国民と地続きになっていく。

また戦後に東京裁判があったけれども、東京裁判の判決に対して、つまり検察が提示した起訴内容すべてについて「無罪」だといった人にパール判事がいますね。パール判事はパール判決において、日本の国際法上の責任について無罪といったのであって、日本の道義的責任を無罪だと言ったわけではない。しかし、パールはこの判決において大東亜戦争を肯定的に捉えたのだ、日本が無罪だと言った、と捻じ曲げて理解されてしまう。これこそ国民的規模のティーパーティだね。でもパール判事はそういう人物ではないんだ、つまり戦争が嫌いだという、ガンディー主義なんですよ。そういう歴史的に誤って解釈されたことの掘り起こしを中島岳志はきちんとやっていますね。

それからまったく孤独なやり方で大東亜戦争支持の立場に立った竹内好については、孫歌が書いていますね。竹内好の論文に八月十五日について書いた「屈辱の事件」というものがあります。その主張というのは、「日本が敗戦したということは屈辱的なことではない」、むしろ「敗戦したときになぜ、敗北を認めて革命が起きなかったのか、人民主義の芽生えさえなかったか」、それが屈辱だということなんです。彼はある意味で自分が近代主義者だと認めているんですが、西欧思想の正統からは離れた思想のスタイルを見せる。つまり、「西欧的な優れた文化価値を、より大規模に実現するために、西洋をもう一度東洋によって包み直す、逆に西洋自身をこちらから変革する」という構想、その「文化的な巻き返し」というのが、竹内の考えている「方法としてのアジア」なんだね。そういう前例が世界史にあったか、それについて竹内は書いていないけれども、私はあったと思いますね。それはトゥーサン・ルベルチュールのハイチです。フランス革命の宣言に共感をもって、フランスが送ってくる軍隊を自分たちの力で打ち破るんです。トゥーサンは結局獄死するんですが、彼が死んだあとに勢力を盛り返してハイチが黒人共和国になりますね、これは竹内の理想をほぼ実現しているのではないかと私は思うんです。

言葉以前の「しぐさ」の大切さ

だいたい、日本語というのは世界の言語の中でもっとも共有されて使われている言語のうちのひとつなんですよ。先日、社会学者のR・P・ドーアが来日してNHKの番組で講演をしていたけれど、その日本語の講義を開いて、「彼の日本語は一つの方言として聞けるな」と思ったんです。マンツーマンで日本語の教育を受けていますからね。彼だけでなくて、実は方言として日本語を話す外国人はかなりでているんだと思います。

だけど、言語だけが問題ではない。言語の前に「しぐさ」がある。この問題を我々の中に導き入れたのは、多田道太郎です。彼は当時あまり取り上げられることのなかったルソーの論文「言語起源論」を詳細に説明した。つまり、言語と音楽とは一緒に起きる。それはしぐさだと。実際に、多田自身が『しぐさの日本文化』という本を書いているんだね。「しぐさ」にいちばん近い言語というのは、日本に今ある形でいえば俳句なんですよ。俳句というのはほとんど「しぐさ」と同根で、あるときにオケージョナルポエムとして出てくる。たとえば、「やせがえる　負けるな一茶　ここにあり」これはしぐさでしょう。

そして明治以降に見逃されてきてしまった「しぐさ」に着目して日本をとらえた人といえば、多田よりも前に、フランス人ジャーナリストのロベール・ギランがいましたね。彼はフランスから派遣されてきた新聞記者で、日本でジャーナリストとして活動しているうちに戦争になって、軽井沢に軟禁状態にされた。そして八・一五に天皇の詔勅が出ることを知ったので、軟禁されている場所から外に出て行った。そこで、疎開している都会人ではなくて、集まってくる農民を見るんですね。天皇の放送そのものがトーンをおさえたものだったけれど、それを聞いている農民の姿をじっと見るわけです。するとで出てきた彼らはお互いに何の話をするでもなく、ばらばらに歩いて家に帰っていく。それを見てギランは、「ああ、これは能みたいだ」「能狂言が今も生きているんだ」と思ったというんですね。そのことを、ギランは「日本人の微笑」という題で書き残している。でも、その「しぐさ」を理解することが、日本の近代の大学ではできない。数ある日本人の記者が八・一五について書いたわけだけれど、朝日でも毎日でも読売でも、こうした指摘をしている人は誰もいなかったでしょう。

つまり、「しぐさ」を解き明かすメカニズムがなくなってしまった。明治以降の教育がそれを奪ってしまった。このことは日本の新聞がいかにだめになってしまったかを表していると思うんですね。江戸時代の新聞はもっと活気があったんですよ。たとえば「コノシマ　カイマス　イクラデスカ」と書いた記事がありました。こんなに大胆に状況をつかんで書くことは今の新聞記者にできますか。

もうひとつ「しぐさ」と言えば、高杉晋作を思い出します。江戸末期に下関戦争がありましたね。長州が関門海峡を通過する外国船に砲撃をして、その仕返しに欧米連合艦隊と戦争して負けた。このときに長州の全権大使としてイギリスの軍艦にのりこんだのは高杉晋作なんですよ。高杉の姿を、イギリス側の通訳アーネスト・サトウはちゃんと見ていて、そのぐっと睨みつけるようにタラップをあがっていく様子を「彼は、魔王のように傲然として見えた」と日記に書いていますね。そしてこのとき、イギリス側は租借地として彦島を貸してもらえませんか、と訊ねた。すると高杉は「いや、この日本という島は何々の神と何々の神と何々の神と何々の神と……こうやってつくられたものだから何者の支配も受けない」と、神代からの日本の歴史を早口でまくしたてたんですね。相手は言われているうちに翻訳するのが嫌になってしまって、話はご破算になった。外国人たちを煙に巻いた。つまり高杉はそれだけの知恵をもっていたんです。高杉は長州に命じられて軍艦を買いに中国まで行って、アヘン戦争をどういうものか見てきている。いったん土地を諸外国に貸したら、香港のようになるということを知っている。だから高杉が言ったのはでたらめではないんです、彼は深い知恵を持っていた。これだけの知恵を大東亜戦争に負けたときに日本政府はもっていなかったし、それだけの知恵を示すことのできる新聞記者も日本にはいなかったでしょう。

すぐれた文体はどこから生まれるか

ところで、日本の近代には官僚言葉に毒されなかった散文の系列があって、そうした優れた文章を書いた筆頭に、新聞記者の岸田吟香がいますね。彼はヘボン博士とともに初めて和英辞典を完成させた人物です。もともと吟香は岡山から出てきて、江戸で、客の体を洗ったり、風呂をたいたりする風呂屋の三助をやっていた。だから表向きの言葉でなくて、客のあけっぴろげな話を聞いて受け答えをしたんです。それが岸田の文体のベースになっているんですよ。四角四面とは対極にある文章ですね。

他にもすぐれた文体を生み出した人たちをあげると、戦時中のマチネ・ポエティクがありましたね。加藤周一、福永武彦、中村真一郎らが先の戦争中に、自由な討論の場を閉鎖的にもとうと、軽井沢の高原で、ラテン語で会話をしたりするサロンのようなものを実現していた。マチネは、ある意味、自分たちのグループ内でことばの鎖国状態を作ることで自分たちの開国の理想、つまりヨーロッパ文化を守りきった。今、文章を書いている人には「開国派」と「鎖国派」とがあると私は思っているんです。マチネはそれで言うと、「鎖国派」の中の「開国派」ですね。そして福永の息子、つまりマチネの二世が池澤夏樹ですね。そして彼のお母さん、原條あき子もマチネなんだ。マチネ・ポエティク詩集でほとんどわずかに今も読むに耐える名作を残しているのが原條あき子なんですよ。この歌は今も暗唱できますね。

ああ　こがねの髪の Iseult《いずう》よ　いつか
冠きららかに　悲しみ深く
ふたたびの夢に燃え　花ひらくか

（「秋の歌」出典『やがて麗しい五月が訪れ――原條あき子全詩集』）

これなんかを見ても、加藤周一、中村真一郎、福永武彦らを超える押韻の技量を示していると思うね。なぜなら原條以外はみんな、東大出身だからね(笑)。

私は一九四二年に日米交換船で帰ってきて、その後アメリカには一度も戻らずに日本にいついたわけだから、「鎖国派」ですね。京都にはたくさん文化人がいて、この岩倉のあたりは地縁的な、一種風土記的なつながりがあります。隣近所には相良直彦さんというきのこ博士がいたり、素粒子学の町田茂さんという方がいて親しくしてますよ。小学校に通った東京では隣近所がなかったし、その後はアメリカに行ってしまったから日本では学校での人とのつながりもなかった。たまたま後になって京大に助教授として来たけれど、京都に知り合いもいないわけですね。そんなときに付き合いをもってくれたのが高安国世率いる短歌集団、〝塔〟ですよ。その後には先日亡くなられた河野裕子さんと親しくした。だから京都との縁は長いですね。戦争中の鎖国っていうのはマチネがひとつの形だけれど、私の場合は自分に閉じこもっていた。永井道雄、嶋中鵬二らとは大学を超えた付き合いをもちましたけれどね。

だけど今、そういうふうにして、戦争中の力を尽くした「鎖国」の実りが、池澤夏樹の世界文学全集の試みなどに日の目を見ているでしょう。彼は「開国派」なんだけれども、「鎖国派」に理解のありそうな人としてうつる。だから、日本の未来はあると思うね。四つの全体主義に囲まれて今も日本は属国日本であると。では、明治以来の大国主義から離れることはできるのか。わからないが、私は、離れるべきだと思う。四つの大国とは違うやり方で、はっきり充実した国を設計していくべきだと思う。そうしないと、わずかな資源しかない日本が生き残る道はないでしょう。テクノロジーの能力などをもってして、ベネルクス三国のような道を構想していけば、努力目標はある。だから少なくとも、明治の大国主義のようなものは目指してはいけない。『万葉集』にあるような、それぞれのちょっと小高い丘の上から「くにみ」をするような、そんな国になってほしいと思います。

（二〇一〇年十一月六日収録、『文學界』二〇一一年一月号所収）

身ぶり手ぶりから始めよう

あれをとって。それではない、あれ。というような家の中のやりとりが、地震以来、力を取り戻した。身ぶりはさらに重要だ。被災地ではそれらが主なお互いのやりとりになる。この歴史的意味は大きい。なぜならそれは百五十年以前の表現の姿であるからだ。身ぶり手ぶりで伝わる遺産の上に私たちは未来をさがす他はない。

＊

かつて政府は内乱をふせぐという目的をかかげて、軍国主義に押し切られ、大東亜戦争敗北までできた。当初の目的は実現したが、この統一は、支払った費用に見合う効果だったか？

欧米本位の学問をキリスト教抜きで受けついだ、岩倉使節団以来の日本の大学内の思想では、フランスとイギリスのやりかたが正統だと考えがちだが、フランスで王の首を切り、イギリスでもおなじことをし、両国ともにその反動の揺り戻しで長いあいだ苦しみ、それぞれに民主主義の習慣を定着させた。

＊

日本では、西郷隆盛の内乱の後、明治天皇は西郷に対する少年のころからの自分の敬意を捨て去ることなく、観菊の宴で、西郷をそしらずに歌を詠めと、注文をつけた。少年のころの記憶を捨てることのない明治天皇の態度は、明治末までは貫かれた。明治末に至って、つくりあげた落とし穴だった大逆事件が正されることなく新しい弾圧の時代をつくり、昭和に入って、軍国主義に押し切られて敗北に至った。

そうした成りゆきの分析をしないまま、米国従属の六十五年を越える統一は続いていて、地震・津波・原子炉損傷の災害に見舞われた。

＊

長い戦後、自民党政権に負《お》ぶさってきたことに触れずに、菅、仙谷の揚げ足取りに集中した評論家と新聞記者による日本の近過去忘却。これと対置して私があげたいのは、ハナ肇を指導者とするクレージー・キャッツだ。急死した谷啓をふくめて、米国ゆずりのジャズの受け答えに、日本語もともとの擬音語を盛りこんだ。

特に植木等の「スーダラ節」は筋が通っている。アメリカ黒人のジャズの調子ではなく、日本の伝統の復活である。「あれ・それ」の日常語。身ぶりの取り入れ。その底にある法然、親鸞、一遍。

はじめに軍国主義に押し切られた大東亜戦争があった。その終わりに米国が軍事上の必要なく日本に落とした原爆二つ。これは、国家間の戦争が人類の終末に導く、もはやあまり長くない人間の未来を照らすものである。このことから出発しようと考える日本人はいたか。そのことに気がつく米国人はいたか。その二つの記憶が今回の惨害のすぐ前に置かれる。

軍事上の必要もなく二つの原爆を落とされた日本人の「敗北力」が、六十五年の空白を置いて問われている。

*

言語にさえならない身ぶりを通してお互いのあいだにあらわれる世界。それはかつて米国が滅ぼしたハワイ王朝の文化。太平洋に点在する島々が数千年来、国家をつくらないでお互いの必要を弁じる交易の世界である。文字文化・技術文化はこの伝統を、脱ぎ捨てるだけの文化として見ることを選ぶのか。もともと地震と津波にさらされている条件から離れることのない日本に原子炉は必要か。退行を許さない文明とは、果たしてなにか。

（「朝日新聞」二〇一一年三月三十一日、夕刊）

敗北力

自分の力が衰えたのに気がついて、「もうろく帖」を書きはじめたのは七十歳のとき。その第十七巻に入り、八十八歳を越えた。自分のつくったその本を読んで、今年一月八日の分で出会ったのは、敗北力という考えである。敗北力は、どういう条件を満たすときに自分が敗北するかの認識と、その敗北をどのように受けとめるかの気構えから成る。

江戸時代の終わり近く、日本人の多くは敗北力をもっていた。下関戦争に敗北して煙の残る中、伊藤博文は町中を歩いて西洋料理の材料を集め、上陸してきたイギリスの使節をもてなす用意を自ら監督して成しとげた。こんなことができる人を最初の総理大臣にするのだから、当時の日本人は欧米諸国を越える目利きだった。

やがて使節となってイギリスの軍鑑に講和交渉におもむく上使は高杉晋作である。イギリス側が、ここから見える島の一つをお借りできませんかと言うと、高杉は日本の神々の名を並べて、神にいただいたものだからお貸しできませんと答える。この長い話に通訳はうんざりして見送った。あにはからんや、傲岸な悪魔ルシファーに見まがう外見の内に、軍艦買い取りのために中国に行ったときの阿片戦争の筋書きがたたきこまれていて、うっかりするとどういう目に遭うか、高杉には見通しが立っていた。

江戸時代末にヘボンが発行していた新聞には、岸田吟香も加わっていた。和英辞典を印刷するために、ヘボン夫妻に同行して中国に行ったことがある。彼は岡山出身だが、江戸に出て風呂屋で働いていたので、日常語に通じていた。紀行『呉淞《ウースン》日記』は江戸の口語を使いこなして書いたもので、今日の大学出の新聞記者を越える達意の文章である。

当時の新聞には、コノシマ　カイマス　イクラデスカなどと、単刀直入の記事がある。一九四五年の降伏に際して、日本の新聞記者は、沖縄の運命にふれて、こんな記事が書けただろうか。

それでも、吉田茂には、今の総理大臣にはない敗北力があった。ニュース映画で見たのだが、議会で徳田球一共産党書記長が攻撃演説を終えて、どうだ、参ったかと首相に身ぶりを送ると、吉田茂はそれに対して笑いを返している。その呼吸がなんともいえない。短いながら、吉田も獄中にあった。出てきたころ、供もつれずに大磯の駅に立っていたのを見たことがある。

敗北力の裏打ちのある勝ち戦を進めることができたのが、児玉源太郎、大山巌の率いる日本の軍隊だった。しかし、この敗北力は大正・昭和に受けつがれることがなかった。

今回の原子炉事故に対して、日本人はどれほどの敗北力をもって対することができるか。これは、日本文明の蹉跌だけではなく、世界文明の蹉跌につながるという想像力を、日本の知識人はもつことができるか。原子炉をつくりはじめた初期のころ、武谷三男が、こんなに狭い、地震の多い島国に、いくつも原子炉をつくってどうなるのか、と言ったことを思い起こす。この人は、もういない。

（『世界』二〇一一年五月号）

受け身の力

受け身の力についてお話しします。

米国が、日本に住む人びとに、二つの原子爆弾を落としました。そのことに対する答えからはじめたい。それから六十五年、私たち日本人は、答えていないと、私は思います。

もうひとつ、第五福竜丸の被災を考えれば、二つ半の原爆を、日本人は落とされました。この被災については、米国への移民であるベン・シャーンが反応し、聞き書きを元にして、「ラッキー・ドラゴン」というすばらしい絵本をつくっています。

もとに戻ります。

二つの原爆を日本人に落としたとき、日本の連合艦隊がもう存在しないこと、大工場は焼き尽くされて、日本軍には兵器補充の力がないことを、米国側は高空撮影によって知っていました。にもかかわらず、この日本の上に原子爆弾を二つ落としました。

そのとき米国は、ちがう組み合わせの原子爆弾を二個、もっていました。その一発を広島に落とした上で、もう一つの爆弾の効果を知りたかったのです。

このとき、ヒポクラテス以来のギリシア起源の自然科学は、新しい段階に入りました。ヒポクラテスは、科学知識を悪く使ってはならないという誓いを弟子たちに立てさせました。このとき考えられたのは、患者に大金持ちがいるとして、治療という名の下に彼を殺して、その財産を奪ったりしてはいけないというくらいのことで、医者と患者は一対一の関係ですが、今や、国家予算を通して、ビッグ・サイエンスがまかなわれ、その結果が、数百万人の自国・他国の人びとの上にかぶさることになります。

アインシュタインたちが、ナチス支配下のドイツを逃れて米国に亡命したときには、ドイツの原子力研究が、米国に先んじて原子爆弾をつくりだすのではないか、という懸念がありました。それよりも早く、米国が原子爆弾を用意することが、ナチス・ドイツに負けない道を開くという提案でした。しかし、そのナチス・ドイツは一九四五年五月に敗れ去っています。日本はまだ戦場に残っています。

この新しい舞台に、完成したばかりの原子爆弾をどう使うのか？

米国の大統領フランクリン・ルーズヴェルトは急死して、副大統領のハリー・トルーマンが大統領になります。彼は、前もって原子爆弾のことを知らされていなかった。この国家機密を知らされてから、短い期間に、トルーマンは原子爆弾を日本に落とすと決断します。

この時、大統領直属の幕僚長リーハイ元帥は、反対します。その反対を押し切って、トルーマンは日本に原爆を落とす命令をしたのです。

トルーマンは、実直な人です。悪いことをした数は、生涯を通じて、おそらく少ないでしょう。しかし、彼の頭の中に、今この決断によって、ギリシア以来の科学の伝統を断ちきるという自覚はなかったのです。彼の自伝によると、決心した日の夜は、ぐっすり眠れたそうです。

歴史から離れて、ロバート・ルイス・スティーヴンスンの小説を引きます。『ジキル博士とハイド氏』です。

学者のジキル博士は二重人格で、自分の内部のハイド氏になりかわると、目前に現れた少女を踏みつぶして歩いてゆきます。なんと無法な。科学者は、大規模な予算を集団として扱って仕事をするようになってから、ジキル博士とハイド氏の二重人格として暮らしているので、もはやギリシアのヒポクラテス、イギリスのファラデーのような学問の道だけを歩いているのではないのです。

おそらく、原爆製造の震源のもとにいたアインシュタインは、そのことを自覚していました。だからこそ、日本に原爆が落とされたことを知ったとき、彼は、今度人間として生まれたら、自分は鉛管工になりたいと言った、といううわさがあります。

米国の落とした二つの原子爆弾を、二つながら浴びた日本人がいます。

たまたま広島に出張していたところを、原爆に遭い、同僚三人と共に生き残ります。広島から、自宅のある長崎に帰り、そこで二つめの原子爆弾を浴びたのです。そこでも生き残って、二〇一〇年一月、つい昨年まで生きながらえていました。岩永章という人で、私は彼の言葉を「二重被爆」というテレビ番組の録画で知りました。

「もてあそばれたような気がするね。」

この現実認識から、日本人は、戦後をはじめるとよかった。しかし、政党とか、大学とか、評論家とかが、よってたかっていろいろなことを言い、この中心になる明白な事実をあいまいにしてしまいました。

「きれいな水爆」という言葉が生まれました。今となっては、はずかしいのか、あまり使われませんが。

社会主義国、共産主義国を守るための原子爆弾や水素爆弾は、正しいもので、きれいなものだという考え方です。

そういう大学とか、政党とかから離れて、岩永章の感想――「もてあそばれたような気がする。」おそまきであろうとも、私たちは、その感想から、はじめたい。これから生きてゆく人間にとって不必要な二個の原子爆弾。それを二つながら受けた日本人の、まっとうなこの感想から、私たちが隠しもっている受け身の力をふるいおこして世界に対し、戦争反対の運動をいつも新たに起こし、そして、続けたいのです。

日本人の小説家で、米国に行ったこともなく、自分の想像から『アメリカの英雄』という長編小説を書いた人がいます。いいだ・ももと言います。すこし前に亡くなりました。

この小説は、もし、米国に英雄がいるとすれば、それは、爆撃手として日本上空にきて、日本人に原爆を落とし、後になって、後悔にさいなまれ、精神の正常を回復することなく、精神病院に閉じこめられたイーザリーがその人だ、という主題です。


もうひとつ、日本人の仕事にふれます。

戦争体験を語りあうなんて、そういう話はききたくない。こういう戦中派に死んでもらってから、話は始まるのだ。

新聞の座談会で、こう言ったのは、加藤典洋です。

何年かたって彼は、『さようならゴジラたち』という評論集を出しました。

表紙には大きなゴジラの像が描かれ、決死の形相で、遠くの靖国神社に対しています。太平洋で亡くなった兵士の魂がそこにこもって、戦後の自分たちの祀られかたに不満をあらわしているように見えます。映画「ゴジラ」を思い合わせれば、戦後日本の復活のしかた、今の日本文明への不満をあらわしているようにも見えます。しかし、ゴジラはなぜ太平洋を泳いで渡って、米国に向かわないのか。ゴジラにも、米国への遠慮があります。

著者の加藤典洋は、ゴジラがおもちゃになって大量生産され、大量販売されていることを見逃してはいません。

かわいらしいゴジラ。日本だけでなく、世界のおもちゃとして、アメリカに渡り、日本娘のハンドバッグの中にひそんで、アメリカの青年とともにアメリカの町を歩いているのかもしれません。東北出身の加藤典洋は、日本文明に飼い慣らされたようにみえたもの、原子炉が、牙をむいて日本の住民を襲ったことを、今、見ているでしょう。歴史はこういう黒いユーモアを用意しています。

ゴジラはこうして、日本娘のハンドバッグにひそんで太平洋をわたり、米国に上陸します。

ここには、あいまいさをつきぬけて、日米同盟のきずなをつたって、文明に向けられた刃《やいば》があります。

人間はみずからを文明の進歩にゆだねる値打ちがあるか？　退行を許さない進歩ひとすじの文明は、人間にとってなにか？　そうした問題は私たちの目の前にあります。日露戦争以来、大国になったつもりで、文明の進歩をひたすら信じ続けてきた日本国民は、日米戦争の敗北にさえも目をそらしてきた根本の問題に、今、直面しています。

九条を実現しようという心の向きは、ハンドバッグの中の小さいゴジラ人形の中にさえひそんでいます。受け身の力です。

ここで、受け身の力を越えることを、ひとつ付けくわえます。

九条の会発起人、九人のひとり、小田実は、九条の会に先んじて、べ平連をつくっておりました。「ベトナムに平和を！　市民連合」、略してべ平連です。

べ平連は、政党の下部組織ではありません。だれでもべ平連を名乗れば、べ平連です。二人か三人がいっしょになれば、それがべ平連の組織で、べ平連本部の命令は受けません。

こんなめんどうな組織を、どうして小田実はつくったのか。それは小田さんが予備校の先生だったからです。二度や三度落第してもくじけない十八、九の若者が集まってきています。小田がべ平連をつくると、その男女が第一回のデモから参加して、その中核となりました。航空母艦イントレピッドから四人の兵士が戦列を離れて日本の民間人の中に逃げた時、四人はやがてべ平連の名を知り、その事務局にやってきました。彼らは、私の従弟、鶴見良行のアパートにかくまわれました。彼は国際文化会館企画課長をしていました。彼は東大法学部法律学科を卒業していましたが、自分のしていることが、日米安保条約の付帯事項によって守られていることを知りませんでした。大学というのはいいかげんなものですね。

しかし、かくまう者も、かくまわれる者も、お互いに何者であるかを知りません。当時のべ平連事務局長は久保圭之介で、映画のプロデューサーです。彼は映画撮影の手配をし、かくまう者とかくまわれる者とを一緒に撮影しました。

その撮影の当日は、元首相吉田茂の国葬の日で、警察機動隊は学生運動の集団が葬列に突っこんでくることを想定し、警戒にあたっていました。ベトナム戦争における日本政府の米国協力を快く思っていなかった吉田茂は、私たちの仕事を間接的に守ってくれたことになります。資材の運搬は、怪しまれることはありませんでした。

脱走兵は民間人の家を渡り歩きました。その移動を助けた人たちを「かつぎ屋」と呼びました。かつぎ屋は十八歳から十九歳で、英語は予備校生として小田実ゆずりの英語です。そのことが、良い結果をもたらしたのです。脱走兵は、海軍に入る前には、学業優秀な高校生ではありませんでした。その英語は単純な組み合わせで、彼らは英文学を広く読んでいたとは言えません。そこが、かつぎ屋と呼吸が合ったのです。彼らは、日本人と米国人の区別を越えて話が合いました。

かつぎ屋の一人だった室謙二が、やがて米国に移り住み、米国市民になることを決めるとき、米国政府は平気で彼を米国人として受け入れました。米国人になるについて、室謙二は、独立宣言と米国憲法についてわかっているかどうかの試験を受けます。今の政府が人民にとって悪いことをしたら、人民が政府をひっくり返す権利があると理解している、ということで、合格。

この室謙二の本『天皇とマッカーサーのどちらが偉い?』(岩波書店、二〇一一年)には、もうひとつ、重要なことが書いてあります。イントレピッドの脱走兵の四人がソ連の船に乗せてもらって、ソ連経由でスエーデンに行きました。ベ平連はソ連がつくったとか、ソ連から金をもらったとかいう書きつけが、ソ連崩壊後、米国のフーヴァー研究所にわたって、そこから日本の読売新聞が記事にしました。だが、そういうソ連とのやりとりは、出先機関を含めていいかげんなところだと思います。私たちは、代表の小田実をふくめて、この運動をつくった高畠通敏も、私も、マルクス主義者ではなく、共産党員ではありません。ソ連船にのせてもらう手続きをした吉川勇一は、この金の取引を否定しています。

このむずかしい経過を含めて、室謙二はこの記事をしっかりした資料をもって否定しています。

重大なことは、憲法九条について、理想だけでいいのかという疑いを、かつてこの運動のかつぎ屋だった室謙二がもっていたことです。代表の小田実は、米国からハワード・ジンとラルフ・フェザーストーンを呼んで、日本列島縦断ティーチ・インを実行し、これに参加した室謙二は、SNCC(スニック)という、黒人の権利を守る運動が米国で、非暴力不服従の運動に始まることを学んでいます。九条は、なんらかの行動と態度の表明によって裏づけられるほうがいい、ということです。

前にも申しあげたように、ハンドバッグにかわいいゴジラ人形をひそませて米国人と同行するというのも、おとなしくていいですが、非服従の行動の用意があると、さらにいいと思います。

(二〇一一年六月四日、東京日比谷「九条の会講演会」講演)

Ⅳ

【未定稿】トラブゾンの猫

――My fairytale――

小田　実

2007年4月2日トロイ遺跡にて 撮影 玄順恵

一

トルコは猫が多い国である。街のどこへ行っても、猫にお目にかかる。つまらぬリボンなどをつけられた飼い猫のたぐいではない。独立独歩、勝手気ままに生きている、「野良猫」とふつう言われる自由生活、自由生存の猫である。いつもガツガツと獲物を狙ってうろついている痩せ細った、そこらの国のそこらの街の猫ではない。トルコは今や世界でまれな名うての食糧輸出国の大国である。どこへ行っても、肥ヨクなミドリの大地がひろがる。魚も南のエーゲ海、北の黒海どちらにもウヨウヨいて、いくらでも食べられる。従って、独立独歩の野良猫諸君も、みんな十分に肥っていて、大きい。毛並みもつやつやとゆたかだ。

人間のほうのトルコ人も、そこはヨーロッパ、アジアの双方にまたがるユーラシアの国だ、まったくヨーロッパ人と見える、そうとしか見えない白い大女の女性が歩いているうしろから、どこからどう見てもアジア人の、これも決して小男と言えない大きいのが行く。肌色のまったく黒いのはあまり見かけないが、あとは白いの、褐色の、黄色いのと千差万別、そうじて言って眼、鼻、口、顔の造作は大きく、明瞭、そして、みんな、猫が好きだ。従って、街のどこへ行っても、猫がカッ歩している。五つ星やら何やらの超一流の、そう称揚するホテルへ入っても、猫が悠然とフロントのそばに寝そべっている。レストランにおいてもしかり。猫が悠然とテーブルの下にやって来ることもあれば、突然、客の膝の上にのりかかって来たりする。そんなときでも、給仕は猫を足でけとばして追い払ったりしない。丁寧に抱きかかえて、外へ連れ出す。

猫がまるまる肥って大きいのは、何も食糧の自給率の問題から来るのではない。世界でタラ腹うまい物を食って来た、また自分でもつくって来たアメリカ合州国人映画監督のフランシス・コッポラ氏によると(私はその記事かインタビューをどこかの雑誌で読んだ)、世界でいちばんゆたかで美味いのはユーラシアの中心に位置し、何千年にもわたって存在しつづけて来たトルコ料理だが(私は彼ほど世界のうまい物を食っても来なければ、つくっても来なかったが、それでも彼の所説に賛成だ)、トルコの街の独立独歩、自由生活、自由生存の猫諸氏がまるまると大きく肥えているのは、その世界一の美味、豊ジュンなトルコ料理のお余りのゆたかさ、うまさかげんによるにちがいない。トルコを旅して、トルコ料理の美味、豊ジュンとあまたつきあい、自由生活、自由生存の猫諸氏とこれもあまたつきあって来たこの私の推論は決してまちがっていないと思う。

ついでのことに言っておくと、トルコの街ではこうした自由生活、自由生存の猫諸氏にいくらでも出会うのに、ドイツやらフランスやらの北方ヨーロッパの寒々とした風土のなかの都会でいやというほどお目にかかる犬諸氏にはさっぱり出会わない。もちろん、犬諸氏と言っても、トルコの猫のような独立独歩、自由生活、自由生存の犬ではない。そうした寒々とした国では、そのたぐいの独立独歩、自由生活、自由生存の犬諸氏は、いない。街をうろついていれば、たちまち危険きわまる「野良犬」となって薬殺されてしまうにちがいないから、そこでの犬諸氏はすべて首輪に皮ヒモでご主人様にレイゾクして、犬にとっても人間にとってももっとも大事な価値の自由を失ってしまった飼い犬諸氏だが、トルコの街でトンと見かけないのは、そうした飼い犬、またそうした飼い犬を連れて得々と歩く老若男女の人間どもの姿である。

生来自由をことのほか愛する私だ。したがってそうした人間どもと犬諸氏の姿は見るもおぞましい光景だが、しかし、そこは人の好み、いかんともしがたい。人に文句をつけるのはやめにして自分のことをもう少し述べておくと、そういうこともあってか、私は生来犬嫌い、猫好きの人間だが、猫のほうでもそうした人間の猫好きの性へきは本能的に判るものらしくて、これはどこの国においてもあったことだが、公園のベンチに坐っていると、どこかから猫が現われて、足もとに寄って来たりする。私のほうでも、子供時代からの猫体験で(わが家には、いつも猫がいた。いっときには、何匹もが縁側に寝そべり、あるいは、寝床に入って来たりした。私はその猫コタツをすこぶる愛用もしていた)、アゴの下など猫がよろこぶカンドコロを知シツしているので、そこらを撫でてやったりするものだから、いっそう猫は私にじゃれかかって来る。

トルコの独立独歩、自由生活、自由生存の猫諸氏とも、おかげで、私は各地各所でいい関係をもつことができた。実際、猫は各地各所にいた。いっとうおどろいたのは、かつてのトロイ戦争の遺跡トロイ城のあとに行ったときで、そのどまんなかで、まさにその何千年来の(トロイ戦争は、たぶん、紀元前千二百年ごろの戦争だが、それ以前はるか昔、二、三千年来トロイ城は存在して来ている)遺跡に住みついている独立独歩、自由生活、自由生存の猫氏に出会ったことである。それもただ出会っただけではない。例によって私の足もとにまとわりつくこと、私は私で彼(あるいは彼女)を抱き上げることから始まって、彼(彼女)は終始私につきまとい、何千年来の遺跡の旅をともにした。

二

トルコの黒海沿岸、イスタンブールからおよそ千二百キロ離れたトラブゾンは、都市としての歴史を紀元前八世紀あたりから持つ古都である。ギリシア人がやって来てつくり上げた植民都市であったらしいが、彼らは海岸にそびえ立つテーブル状の平べったい山地に城塞を紀元前五世紀あたりで築き上げた。爾来、そこはギリシア語で「テーブル」を意味する「トラベザ」に由来して「トラブゾン」と呼ばれるようになったらしいが、本来、いずこの国のいずこの民族とも知らぬ人間がそこに群れをなして住み始めたのは、紀元前七千年あたりらしいと言われているのだから、なんとも古いところだ。

黒海の端近くに位置して、そこらあたりの物資の集散地ともなれば、そこから船で西へむかえば、ボスボラス海峡を通ってエーゲ海、そして、地中海に出る、この位置関係、たちどころに古来、この人間の群れをなしての居住地に富と繁栄をもたらしてふしぎはない。当然、そこはまた、人の富と繁栄めざしてのあまた人間集団のあざとい争奪戦の現場となる。ギリシア人につづいてローマ人の植民都市やらただの地元権力者の王国やら東ローマ帝国崩れ、もどきの諸王国やら十字軍と称する掠奪軍やら入り乱れての歴史がつづいているうちにオットーマン大帝国の版図ともなれば革命トルコの一大拠点ともなれば、ギリシア、アルメニア入り乱れての争乱、虐殺の血の現場ともなって、今日に至る――と言いたいが、大ソビエト社会主義帝国崩壊劇のあとはグルジア、アルメニア、あるいはウクライナあたりから難民、商人大挙して入って来る都市ともなった。なかでも目立ったのが自らのからだで稼ぐ、おしなべてトルコ人によって「ナターシア」と呼ばれた女性たちの流入だったらしいが、今は彼女たちは十分に稼ぎ終えたのかそれぞれの国にお還りになって、今度は旧ソ連諸国からの観光客の来入となった。今もトラブゾンからロシア共和国のソチまで週に三度ほどフェリーが出ている。

もうひとつ、ここでぜひとも書いておきたいのは、トラブゾンが東は中国の首都から始まるシルク・ロードの西における終結点であることだ。逆に考えれば、アジアの西端シルク・ロードはここから始まって、東端中国に至る。私がさっき述べたのは、トラブゾンの黒海からエーゲ海、地中海に至る交通、通商、さらには富、繁栄の形成の重要性についてだが、このユーラシア大陸全体にまたがってのトラブゾンの重要性はそれにいやまさるものがある。東方からあまた人は来たり、また西方からあまた人は行き、同時に物も金も動く。さらにまたそれにともなって、いくさもあまた起こり、動く。そのさいたるものが西方から東方へむかってのアレキサンドロス大王の侵略なら、逆に東方から西方へむかってはジンギス・ハン大王のひきいるモンゴル民族の進撃だった。こうした大軍を中心にしての民族大移動は、人種、民族の混交、混在をいやが上にも招く。これはトラブゾンでの話ではなくイスタンブールでのことだが、私が泊まったホテルのマネージャーのひとりの名は「クビライ・ハン」だった。彼の顔はまさにアジア人――モンゴル人の顔で、まことにトルコは「多民族国家」だと感じ入ったものだが、彼に聞いてみると、彼と同じ名をもったトルコ人三人にこれまで会ったことがあるという話だ。

彼はダーダネルス海峡近くのチャナカレの出身で、今も家をそこに持っているということだったが、チャナカレの対岸ガリボル半島は第一次大戦で敵味方合わせて五十万人以上の死傷者を出したという、一九一六年三月に始まり九カ月に及んだ激戦の地だ。戦闘はダーダネルス海峡を制しようとした英仏上陸軍と当時のオットーマン・トルコ軍とのあいだに行なわれた戦闘だが、英仏上陸軍と言っても、英軍の場合、大半がオーストラリア、ニュージーランドの兵士たちだった。つまり、あからさまに言ってしまえば、大半が植民地軍の兵士だったわけだが(今でも、この戦闘を記念して四月二五日を「ANZAC・DAY」としてオーストラリア、ニュージーランドから大挙旅行者がやって来る)、彼らを迎え討ったのが、のちにオットーマン帝国を打倒するとともにトルコ独立戦争を戦い、ついに共和国を樹立したケマル・アタチュルクだった。彼はそのころにはまったく無名の士官だったらしいが、彼はそこで勇敢にまた賢明に戦い、ついには九カ月の激戦の末に英仏上陸軍を半島から退却させた。その功績で彼は一躍「国民英雄」となり、その土台を使ってついにトルコ革命を成功させるのだが、半島にあまたある記念碑のたぐいにつけられた文句のなかで彼が書いたことばがもっとも光っている。

……ここで倒れたイギリス人、トルコ人のあいだにちがいはない。はるか遠く離れた国から息子たちを送って来た母親よ、もう涙をぬぐい給え。今、あなた方の息子はわれらの胸のうちに横たわっている。……この地で生命を失った彼らは、今、われらの息子だ。……

三

しかし、チャナカレ近くの戦場はガリボル半島だけではない。チャナカレから半島とは逆方向の陸地へ、さらにはエーゲ海めがけて車で走れば、小一時間もあればはるか昔の戦場のあとに着く。紀元前十三世紀にあったと言われるトロイ戦争の遺跡——海岸からギリシアからの遠征軍が攻め立てた城塞の遺跡だ。それ以前、紀元前三千年とかに及ぶ城塞にも、トロイ戦争以後の城塞も重なって、何層にもわたって存在する城塞の跡地だが、先に述べたように私はそこで猫に出会った。独立独歩、自由生活、自由生存のトロイの猫だ。

こいつ、こんなところで何をどうやって食って生きているのか——と思わせるほどに、トロイの猫は大きくまるまると肥っていて、そこらを見まわしながら悠々と歩き、そのうち、こいつ、どうやら猫好きの人間だとみきわめをつけたのか、その自由な歩行の先を私に定めて、私の足もとに寄って来た。彼(彼女)の判断、みきわめは正しくて猫好きの私は彼(彼女)を抱き上げて、アゴの下を撫でてやる。どこでどう洗って来るのか、彼(彼女)のからだを覆う毛皮も少しも汚れることなくツヤツヤしていて、抱いていても気持がよろしい。

そのトロイの猫を抱えてベンチに坐ると、そこはちょうど城塞からの下の眺めがよろしいところで、小麦畑のミドリの大きなひろがりのむこうにさらに大きくエーゲ海がひろがる、その紺青のひろがりの手前に街並みが重なって見えたが、それはさながらトロイの城塞を攻めて来た、そして攻めあぐねてたむろしているミケーネ、スパルタあたりのギリシア軍の軍船のつらなりだ。

　それがギリシア軍の軍船のつらなりだとすると、ギリシア軍勢とトロイ軍勢のいくさはさしずめいつも小麦畑のミドリのひろがりにおいて行なわれたことになる。そして、そのいくさをトロイ王朝のおえら方たちが、ベンチの私とトロイの猫とが見下ろす位置あたりから眺めていたことも十分以上にあり得たことだ。『イーリアス』最後の山場は、まちがいなくギリシア軍勢の英雄アキレウスによってトロイ王朝の頼みの綱のヘクトール王子が討たれる場面だが、その場面はプリアモス老王も、やがて殺されるか奴隷となってギリシアに連れ去られる運命にあったヘカベー王妃以下の女性たちも、私とトロイの猫のベンチあたりから逐一見ていたことになる。私はしばらく古代史の感慨にとらわれていたが、それにしてもこのトロイの猫、ゆったりと大きく肥りすぎている、膝の上で気持よげに眼を細めている猫の重みにいささかヘキエキして来て、こいつ、いったい何を食ってこんなに大きく肥っていやがるのかと私は考え出していた。

　その上で、このトロイの猫の大きく肥っているのは、アキレス、ヘクトールの一騎討ちの現場の背後にひろがるエーゲ海を眺め渡しながら、こいつがあの海のゆたかな海の幸をもらったり盗んだりしてしこたま食って来たせいでないかと考え出したのは、いつか、サッポーゆかりのレスボス島を望むアソスの宿屋で食ったスズキの塩焼きがすこぶる美味だったことを思い出したせいだったかも知れないと今考えるのだが、そんなことを言い出せば、うまいイワシが山ととれて、たぶんとれすぎて、そのせいでその地域の人間が「イワシ野郎」と呼ばれてバカにされる黒海沿岸の猫たちはどういうことになるか。あの海のイワシもたしかにすこぶる美味だった。

四

トラブゾンは四月にしてなお白雪の残る山地を背後にして黒海がひろがるという山紫水明の都市だが(私がイスタンブールで、これからトラブゾンに行くと言うと、人びとこぞって「いいところへ行きますね」と言った)、その山紫水明の都市観光のメダマのひとつが、市の西郊の「アヤ・ソフィア」なる、かつての寺院変じての博物館だ。もともとは「ハギア・ソフィア」、つまり、「神の英知」のキリスト教寺院だったのがご多分にもれずモスクに変えられ、さらには博物館となった(いっとき、ここを占領したロシア軍の弾薬庫ともなれば、病院としても使われた)由緒のある寺院だが、建物自体は十三世紀のものだから、さして古くない。しかし、いかにもこれ見よがしに威圧的な天空を衝く尖塔などない円い屋根をチンマリともつビザンチン様式の見るからに美しい建物だった。その美しい建造物が黒海のひろがりを背景にしてこれよろしく立って、まことに眺めがよろしい。なかの呼び物はアダムとイブの楽園からの追放を描いたフレスコ画や床の大理石のモザイク模様などだが、まあ、そんな物はどうでもよろしい。やはり、観物《みもの》は建物と背後の海の眺めで、二つを眺めてしばらく立っているると、文字通りわれを忘れる。

そして、もちろん、ここにも猫がいた。独立独歩、自由生活、自由生存の猫である。もちろん、一匹ではない、何匹かがあちこちにいた。黒海のイワシを食って、群れをなして生きているのか、そうやって「神の英知」教会創立以来何百年と生きて来たのか、いや、トラブゾンは何やかやあわせて八千年の歴史をもつ都市だ。レンメンと何千年生きて来ているのか。

五

親分猫、その名もクビライ・ハンと名乗るアジア猫のところに、南のエーゲ海からギリシア猫がやって来たとご注進に及んだのは、いつか黒海の北方から迷いついたロシア猫の白猫のナターシアである。

その注進を聞いて、小柄な猫が多いなかで大きくガッシリとして薄ネズミ色の毛皮の光沢を輝かせるクビライ・ハンは、ナターシアにむかって、「そいつは同じギリシア語をあやつるギリシア猫でも、西方はるかスパルタやミケーナイあたりからトロイを攻めにやって来たギリシア猫かね、それともそいつらに打ち負かされて滅亡した、そういうことになっておるトロイの猫かね、そのどっちだ」と訊ねた。白猫のロシア猫が「知りません」と答えると、アジア猫の親分猫は「それをたしかめて来い」と言いつけた。

トラブゾンの猫の群れの親分猫、アジア猫のクビライ・ハンがどうしてヨーロッパ猫、ロシア猫のナターシアに訊ねさせたのかというと、クビライ・ハンは、そいつがトロイの猫なら、なぜ、あのトロイ戦争という世にもくだらぬ戦争が起こったのか、西方のギリシア人勢が圧倒的に勝ち、同じギリシア人ながら東方のギリシア人勢のトロイの衆が徹底的に敗れ去ったのか――その戦争のいきさつを聞いてみたいと考え出したからだ。ひょっとすると、そのトロイの猫、何年も長くつづいたいくさのさまも見ている老猫かも知れない。――

トロイの猫が、いくら老猫といえども、紀元前十二世紀とか十三世紀とかの大昔のいくさのさまを見ているはずがない――などとつまらぬことをおっしゃるのではない。なにしろトラブゾンは八千年の歴史をもつ古都だし、それほどの長い歴史はなかったにしてもトロイは一番古いところで三千年の歴史をもつといわれている。そのトロイの古都のあとを掘り一躍世界の歴史に名を残すことになったシュリーマンはその三千年昔のあとを掘り当てて、これこそ惨めな敗戦をとげたトロイの老王プリアモスの王宮のあととはやとちりして、そこから彼の肖像とおぼしき金のお面を掘り出した――そうそのドイツ人は信じたということだが、それほどの古さを持つトロイの猫なのだ、いくらでもいくさの古戦場にはいるに違いない。なにしろ猫は時空を超越する魔力をもつ生きものなのだ。

若いメス猫のロシア猫のナターシアが連れて来たのは、たしかに老猫も老猫、太古の昔から生きながらえ、存在しつづけて来たと考えても一向不思議でない偉丈夫のトロイの猫だった。こいつなら、時空をいくらでも超越して来たとしてもまさにふしぎはない。老猫は老いのおとろえなどミジンも見せぬ栗毛の毛並みを折からの午後遅くの陽光に輝かせてのっしのっしと親分クビライ・ハンのおれのいるトラブゾン猫のたまり場のなかに入って来た。草むらの中に自然に石が形作ってくれたかっこうな陽だまりの場所だ。おのずとなかに石の堆積が一段高い広がりをつくっていて、それがおれのご座所だ。そのご座所のまえに、トロイの老猫が入って来て、「おぬしがトラブゾンの猫の親分クビライ・ハン殿か、どうかよろしく。わしはおおせの通りトロイの猫じゃ」とゆっくりのたまわった。

おれはもちろん、その老猫ほどは年をとってはいない。しかし、こちらもその昔、アジアの地からここまでジンギス・ハンのモンゴル遠征軍につき従ってはるばると来た猫の末エイだ。その血筋、家柄の貫録を見せて、「トロイの猫殿、ようこそ来なすった。われら、トラブゾンの猫ども、こぞってお主を歓迎つかまつる」と重々しく答えてやった。おれひとりがそう答えたのではない。おれがそう言うと、おれの配下のなみいるトラブゾン猫ども一同、ニャーンといっせいに歓迎の声を出した。

ここで、一同こぞっての「ニャーン」は判ったが、トロイの老猫とおれの猫がおたがい判ったのかとくだらぬことを言い出すご仁がいると困るので、いちおう説明しておくと、われらはおたがい判るネコ語で話していたのである。ネコ語でしゃべっているかぎり、おたがい少しなまりに違いはあっても、だいたいは判る。意思は疎通する。

とおれが言うと、人間のことばには、だいたいが印欧語族あり、ウラル・アルタイ語族ありで、違い、区別はゲンゼンとしてあり、ややこしい。同じ印欧語族のなかでも、英語、フランス語、ドイツ語、ロシア語いろいろあって、とうてい、おたがい判るとは言いかねる。そして、地域地域のちがいもさることながら、時代によって大きなちがいがある。おれたちのあやつるネコ語のごとき三千年の時空を超えて、おたがい判るとはとうてい言いかねる。やはり、それだけネコ語は単純そぼく、むつかしいことは言われん言語なのかねと差別的言辞をロウするご仁まで出て来るかも知れないので言っておきたいが、われらネコ語の起源は人間の言語のルーツが一本のカシの木のごときもので、そこから枝葉が派生して英語、フランス語、ドイツ語、ロシア語に至るというような単純なものではないのだ。それらヨーロッパの北の辺境の言語とちがってユーラシア大陸にゆたかに横たわって存在するネコ語のルーツは南方沿岸に群生するマングローブの根のようなもので、どこからどこが根なのか葉なのか、またとなりのちがう木なのか判らぬかたちでむらがり集まってつくられるルーツ群なのだ。わがネコ語のルーツは。——

しかし、今、人間の学者のなかにも、本当の言語のもとはヨーロッパ北方辺境の一本の堅いカシの木みたいなものではなくて、もっと南方の、ゆたかな海域、例えば、カリブ海域あたりに群れなして自生するマングローブの根のごとくあまねくつらなるものとしてある、したがってアフリカ各地の言語もそれに連なるインド・ヨーロッパ、あるいは、インド・ヒッタイト、さらにはセム・ハム語族、ウラル・アルタイ語族の言語まで、いやさらには東方、中国語、朝鮮語、はては日本語、アイヌ語までがもじゃもじゃとひとつらなりにつらなるルーツ群をもつことばだと大胆なことを言い出す、「古代文明のアジア・アフリカ起源」を主張して近年大いに物議をかもした「黒いアテナ」の著者マーティン・バナールのごとき人物も出て来て、まことに結構だと、おれは考えるのだが、それはネコ語においては、そんな言語の起源マングローブのルーツ群という言説はまったく当然のこととして古来からあるからだ。

その証拠に、現に、今、たぶん紀元前千三百年から千二百年にかけてあたりから生存して来たトロイの老猫と、それよりはずっとずっと後年紀元後十三世紀あたりにははるばるとモンゴル軍につき従ってやって来た、そのはずのわが当クビライ・ハンと自由にネコ語でしゃべり、完全におたがい判り合えているのだ。おれがそう言うと、おれの配下の並みいる白、黒、栗色、褐色、あるいは、三毛、など色とりどりのアジア猫、ギリシア猫、ヨーロッパ猫、ペルシア猫どもは、いまさらのようにわが猫族の偉大さに打たれたのか、いっせいに「おう」とカン声をあげ、うれしそうにノドを鳴らした。

それを聞いて、トロイの老猫もわが意を得たように大きくうなずいたが、「しかし、おぬし、ルーツがマングローブの根っこのようにゴチャゴチャとつらなってあるのは、ことばだけのことじゃないぞ」とおれをふくめて一同の猫をヘイゲイするように見まわしながら、人間が語る文明やら文化やらも、そのもととなる……とあいつらが仰っておる思想とか思考とか、はたまた論理、倫理というようなものも、人間のことば同様、いや、ネコ語同様、すべてコントン、ゴチャゴチャとマングローブのルーツ説は前後左右、巨観にも無限にひろがって存在しているのではないか。

六

わしらの仲間の学者猫によると、このごろ人間の学者のなかでも、人間のことばを何とか語族というような一本の大きなカシノ木のようにことばの木が立って、そこから枝葉があちこちに出て、英語やらフランス語やらロシア語やらに分かれる――というようなラチもないことばの分け方はまちがっておる。ことばの根っこはそんなしっかりした木の根があるわけではない。そんなことを考え出したのは北方ヨーロッパの人間たちで、たとえばカリブ海の周りの学者ではない。カリブ海のまわりの学者たちは、ことばの根はカリブ海に群生していよるマングローブの根のようにゴチャゴチャとむらがりつらなっていて、そのつながりが北アメリカから南アメリカ、アフリカからアジアにむかってつらなり群生していよると我らの仲間の学者猫が昔から考えて来よるような群生が言葉の根っ子にある、それが人間のいくところどこにでもつらなってことばは広がるものだ――と言い出す学者も出てきて、今や大きく物議をかもしだしているということだ。

言葉ばかりじゃない。人間の考える論理だとか倫理性だとか、思想とか哲学とかも、どこからどう始まって終わるのか、アジアもヨーロッパも、どこがどう始まり終るのか、それこそマングローブの根のようにゴチャゴチャと混ざり合って、それがヨーロッパ種のものかアジア種のものか、判らないかたちでつながり合っている――猫のなかにそのゴタゴタのありようを刻明に書き記したご仁ヘロドトスのところにいた猫もいて、わしにいろいろ話してくれたものだが、そのご仁、トルコのどまんなかのギリシア人の国に生まれ育った人物だけに、そのあたりペルシア人もトルコ人もギリシア人もむらがり住んでいて、あっちこっちで何んの理由もないのにいくさをやって、自分の領地をふやしたりへらしたりしていて、そのさまはまさに、マングローブの根っ子の争い合い、奪い合い、殺し合いで、人間はなんと馬鹿げた存在であるかを例の歴史のなかで書き記していよる。――

その知識が、わし、トラブゾンの猫の親方クビライ・ハンにあったから、わしはトロイの老猫に、トロイのいくさはどんなものだったかをきいてみることにしたのだ。

「まったくラチもないバカげたいくさじゃった」

老猫はゆっくり言い出した。しゃべり始めてすぐ大きなアクビひとつ。それだけで人間のいくさがいかにバカげたものであったかを示している。

――トロイの王様のむすこにパリスという美男子がいる。こいつが同じギリシア語をしゃべるヨシミをもって西方はるか、ミケーネやらスパルタやらのギリシア人の国々へ旅して行きよった。そこでこの王子、何をやらかしよったのか。人もあろうにミケーネの王様の妃をたぶらかして、自分のものとして、トロイにもって帰りよった。万事、合意の上のことか、それともほんとうにたぶらかして連れて行きよったのか、そこはよく判らんが、とにかくミケーネ王妃を連れて行きよったことはたしかなことじゃ」

トロイの猫は自分の妻がこうしたかたちでトロイの城まで連れて行かれたら当然のこと怒るはずじゃ。その通り、ミケーネの王様メネラオスは怒り心頭に発して、トロイ遠征に出かけることを決定しよった。そのメネラオスの兄者人はそこらの全体をすべる力をもつ大王アガメムノンじゃった。

たちまちアガメムノン大王はそこらの小国の王たちにむかって、これからトロイ王国を攻めに行くのじゃ、者ども、われとともにはるか東方のトロイ王国にメネラオス王妃、即ち白い腕をもつヘレネーを奪い返すのじゃ――と下知を下した。諸国の王たち、そのうちのひとりがアキレウスじゃったが、そうした王たちも他人の王の王妃を奪い返すのじゃと言われても、べつにトロイ王国征伐に加わる理由など毛頭なかった。つまるところ、みんながトロイ遠征軍に加わったのは、このいくさ、トロイ王やら国やら何やらの東方はるかに位置する諸国を掠奪してまわる千載一遇の好機と考えたからじゃ。そんなわけで、この一大侵略強掠遠征軍ができよった。

それから何年が経ったか、いくさの形勢、べつに遠征軍に有利に働いたわけじゃない。トロイ王国の城塞はみごとに堅固にできている城塞で、トロイ遠征軍は城塞を取り巻いて包囲しながらも難攻不落、えんえんといくさはつづいたが、落城させることはできない。みんなは疲れはてていた。各国の王様はもとより、かんじんの兵士となるタダの人――デモスは、彼らも彼らの王様同様、掠奪をめざしてやって来たものの、もういいかげん掠奪をやってのけた。掠奪品はいろんな財宝と女だが、みんなは女であれ財宝であれそれぞれにかなりの量の物を得て来ていた。当然、もう帰ろうじゃないかの声が強くなった。

その空気のなかで、アガメムノンの強欲が出てきた。彼はすでにトロイの神官の娘クリマーセースを得ているにかかわらず、彼の配下にいる領主アキレウス王が手に入れていた女に目をつけ、彼女を強引にわが物としたのである。まったくすべてがアガメムノン大王の強欲がなせることだ。

神官はアガメムノン大王の陣屋に大量の財宝をもって娘の解放を願ったものだが、アガメムノン大王は聞く耳をもたない。神官に対して、娘を返そうとしないばかりか、神官をはずかしめて陣屋から追い出した。

神官は怒った。彼の護り神のアポロン神に助けを求めて、懇願する。アポロン神は彼の願いを聞き、ギリシア軍の陣屋めがけて、怒りの矢を射放ち、矢はギリシア軍の兵士やラバたちに降り注いで、兵士とラバたちは続々と倒れる。

そのさまを見て、ギリシア軍の兵士たちは会議を開き、その場でアガメムノン大王に神官の娘の返還を求める。その求めをもっとも強力に行ったのがアキレウス王だった。アガメムノン大王に娘の返還を迫った。アキレウスはギリシア軍のなかでもっともすぐれた戦士として知られた人物だ。ついにアガメムノン大王も彼の主張に応じざるを得なくなった。しかし、アガメムノン大王はどこまでも強引な男だ。神官の娘は神官に返すが、それから、アキレウスが掠奪で奪ったトロイの女をおれに渡せと言いだした。

アキレウスにそうアガメムノン大王は言い、力づくでアキレウスの女を奪いとる。そこから争いが始まる。女を奪い取られたアキレウスはこのいくさにもはや加わらない──と決意してサボタージュをやってのける。これを大きく詩の題材にして、ホメーロスという名の詩人が一大文学作品に仕立て上げたのが、あの時代の昔から今日まで変らず存在しつづけている『イーリアス』という作品だ。

……

トロイの老猫はそんなふうに物語ってくれた。

「ええ、ふしぎで、馬鹿げたいくさがあったもんだ。女の掠奪をめぐっての殺し合いなどやるのかね」

わし、トラブゾンの猫の親方、クビライ・ハンはまず言ったものだ。アガメムノン大王もアキレウス王も、どちらもが大小のちがいはあっても、王と名乗る者たちだ。このわしの思いは、アキレウスとアガメムノンの最後を聞いていやましにました。アキレウス王の未来は、この馬鹿げたいくさのおかげで死ぬことになり、アガメムノン大王に至っては、この馬鹿げたいくさをやってのけたあと――意気揚々と自分が君リンするミケーネに帰ってから――何が起こったか。このいくさのあいだ、彼の妃クリュタイメーストラは彼のイトコの男と不倫をやってのけていた。そこへ彼はガイセンしてきたのだ。彼が連れて来たのは、トロイの王女カッサンドラ、この女は未来を透視する力をもっていた。アガメムノン大王が帰国後どうなるのか、予言していたのだが、その予言通り、アガメムノン大王は自分の妃とその不倫の相手の男に惨殺されたのだ。まことにまったく馬鹿げた話だ。どうやらホメーロスはギリシア人のいるところあちこちに出かけて、キタイラの伴奏つきでホンモノ、ニセモノの区別なく、『イーリアス』という題名で物語詩を語った。それが今に至るまで歌いつがれて来ている。

われら猫族とちがって人間にはことばの区別がギリシア語、ラテン語、英語、ロシア語、フランス語、あるいはまたトルコ語、中国語、はたまた日本語、朝鮮語といろいろあってややこしい。それぞれに学者が出て来てすこぶるややこしい。それらの訳本を積み上げれば何百冊の本になるにちがいないが、とにかくひとつ、もともとはギリシア語だ。人間どもには、『イーリアス』こそ世界文学第一号の傑作と言うヤカラが多いが、『イーリアス』は、何らいばることはない、主題は女と財宝物の掠奪のくだらぬ話だ。そんな話をありがたがることはないだろう。こんなものが世界文学第一号と言うなら、人間のやり方、やり口はまことに貧しい。憐れなものだ。そう、トラブゾンの猫族の親分、クビライ・ハンよ、人間はまことに憐れな存在ではないか。あんた方もそう思われんものか。――

トロイの老猫がゆっくりそう語るのに大きく、わしはその通りだ、トロイの老猫よとうなずいた。わしの脇のトラブゾンの猫ども一同も大きくニャーンとうなずきの叫びをあげた。

そこへ、東方はるか、大チャイナ国から来た猫が着いたという知らせがもたらされた。名は始皇帝猫だと言う。始皇にかわいがられた猫だ。一匹で来たのではなかった。もう二匹、コーリヤ猫とジパング猫も連れて来た。

はるか何千キロも離れた大チャイナ国の首都シーアンを東端として、「シルク・ロード」という道が西端のここトラブゾンまで伸びて来ているのだ。とにかくやって来た秦の始皇帝の愛猫は遠路はるばるやって来た珍客だ。すぐ連絡とわし、クビライ・ハンは命じた。

（新潮社から単行本として刊行すべく構想された寓話小説の未定稿。闘病中の病床で執筆され、本稿が絶筆となった。本書のために原稿を提供してくださった新潮社および同社編集部冨澤祥郎さんに感謝します）

あとがき

小田実が長生きしたら、いくつもの童話を書いただろう。そうあってほしかった。童話の作風からほど遠いサマセット・モームにさえ、童話があるのだから。

モームにくらべて、小田実には童話作家の面影があった。彼の生き方そのものが童話風だった。お人好しの彼が、べ平連という日本の歴史に前例のない(私は知らない)人間のつながりの形をつくる仕事に乗りだし、乗りだした直後に盲腸炎にかかって、これでやめるかと私は思ったが、彼は続けて、日本のことをよく知らないアメリカ人訪問客が、べ平連と総評とどっちが大きいかときく(実際に私はこの耳できいた)ほどの、大きなデモの形をつくりだした。

こういうデモをつくりだすことがひとつの童話だった。

このべ平連を、ベトナム人民勝利によって、彼は生き延びた。そのとき、彼は、なくなってしまうデモのかわりに、何か食べものの名前として、「べへーレン」を残したいと考えた。

ケーキか、雑炊か、そのかたちはわからない。そのかわりに、彼が絶筆として残した「トラブゾンの猫」がある。彼が娘に語りかけるおはなしのあらがきである。

晩年に彼は、その起源にあるギリシア、トルコ、中央アジアに夢を馳せた。小田実流の世界史の構想であったにちがいない。『イーリアス』も『オデッセイ』も、ヨーロッパ人のように神々と考える必要はない。いや、彼の視野は、人間の世界史を越え、人間と境を接して横から見た『イーリアス』批評にはじまる、猫の見た人間世界史となった。

未完の「トラブゾンの猫」を通して、その夢をかいま見ることができる。

この本は予想外にできた。もともと、小田実は、私が先に死ぬと考えて、疑わなかった。私もそう思っていた。二人の同意を越えて、この本はできた。

架空対談は私の書いたものだが、私は大阪の語り口を自由にしない。不安があったので、小田実の人生の同行者、玄順恵に見てもらった。それだけでなく、老齢のゆえに文章も心もとなく、私の妻と息子、さらに椿野洋美、立石尚史の両氏に読んでもらった。

編集者は岩波書店の高村幸治で、彼のこの出版社での最後の仕事となる。この本ができるまでを記すと、二〇〇七年春に、小田、鶴見の対談で本をつくる計画を、高村氏がたてた。これは小田の発病のため、実現できなくなった。はじめに架空対談を置いたのは、その元型へと戻る意図をふくめたものである。

私は十五歳から二十歳まで、日本語から離れていたので、日本語に自信がない。読みかえして、このくらいのところが自分の実力だと思う。

小田実とは、現実の人生において、お世辞なしでのつきあいであり、そのつきあいを、亡くなった後も変えることなくこの本によって保てたと思う。

二〇一一年一〇月一四日

鶴見俊輔

鶴見俊輔
1922年生まれ．哲学者．ハーヴァード大学卒業．『戦時期日本の精神史——1931～1945年』で大佛次郎賞受賞．
裏面記載の著作の他に，『アメリカ哲学』『プラグマティズム』『限界芸術論』『高野長英』『グアダルーペの聖母』『柳宗悦』『夢野久作』『期待と回想』『ちいさな理想』『不逞老人』『言い残しておくこと』『かくれ佛教』など．『鶴見俊輔集』(17巻)，『鶴見俊輔座談』(10巻)，『鶴見俊輔書評集成』(3巻)．
小田実との共著に『手放せない記憶——私が考える場所』(Sure)がある．

小田 実
1932年生まれ．2007年死去．作家．東京大学大学院在学中にハーヴァード大学留学．
世界各地を旅して綴った『何でも見てやろう』がベストセラーに．
裏面記載の著作の他，小説作品に『アメリカ』『ガ島』『HIROSHIMA』『民岩太閤記』『「アボジ」を踏む』『深い音』『終らない旅』『河』など．評論等に『世界カタコト辞典』『オモニ太平記』『「べ平連」・回顧録でない回顧』『随論・日本人の精神』『9.11と9条 小田実平和論集』など．現在，『小田実全集』(電子版)を講談社から刊行中．

オリジンから考える

2011年11月25日 第1刷発行

著 者 鶴見俊輔《つるみしゅんすけ》 小田 実《おだまこと》

発行者 山口昭男

発行所 株式会社 岩波書店
〒101-8002 東京都千代田区一ツ橋2-5-5
電話案内 03-5210-4000
http://www.iwanami.co.jp/

印刷・精興社 製本・松岳社

ISBN978-4-00-022416-1 Printed in Japan